다 정 한

편 견

손 홍 규
산   문

다 정 한
편 견

교유서가

차례

작가의 말_09

1부

시간이 지날수록 초라해지는 목록

어머니의 잠든 얼굴 _012
라면엔 계란 _014
우산 _016
감정의 귀환 _018
발금 _020
길고양이 _022
날마다 잔치 _024
환대 _026
사내들의 대화 _028
설탕물 _030
싸목싸목 _032
사랑을 묻는다면 _034
여름 밥상 _036
한여름 밤의 정전 _038
곶감 _040
존재를 엿듣다 _042
가슴에도 별이 뜬다 _044
마음의 창 _046
흑백사진 한 장 _048
명절의 쓰임새 _050

대보름 _052
남의 일 _054
가을엔 손편지 _056
단골을 가졌는가 _058
영혼으로 난 길 _060
등록금 _062

2부
선량한 물음

저녁 등교 _066

타락의 속도 _068

선량한 물음 _070

불온한 희망 _072

꽃과 사람 _074

낮달 _076

낙엽밟기 _078

다음 생 _080

디스토피아 _082

밥 먹는 이유 _084

완전한 영혼 _086

저기, 사람이 간다 _088

밥 한 그릇 _090

빗장 풀던 날 _092

사진을 읽다 _094

소판돈 _096

지상의 방 한 칸 _098

아르바이트 _100

아름다운 막말 _102

언어 살해자들 _104

봄이 오는 소리 _106

어떤 경외감 _108

장마 _110

여행 _112

이사하던 날 _114

정말 괜찮니? _116

증오 _118

진실의 행방 _120

차이와 이해 _122

팔을 번쩍 드시오 _124

풍경의 발견 _126

장기려 선생 _128

길 _130

고마워 발발아 _132

종합선물세트 _134

비정규직 소설가 _136

3부
바느질 소리

짓다 _140
소설(小雪) _142
날마다 유서 _144
구름을 벗어난 달처럼 _146
그대가 누구든 _148
인간의 윤리 _150
고난 속의 우아함 _152
삶과 문학 _154
가슴속 문장 하나 _156
사람 소리 _158
작가의 말 _160
가능한 세계 _162
나는 왜 쓰는가 _164
독서의 자세 _166
명예로운 치욕 _168
모국어 _170
무엇을 쓸 것인가 _172
문학과 질문 _174
바느질하는 밤 _176
부드러운 직선 _178
사랑스러운 무능력 _180

다시 삶과 문학 _182
긍정적인 밥 _184
삶의 미학 _186
소설가로 살기 _188
눈먼 자들의 도시 _190
왜 사냐건 _192
작가와 작품 _194
창조적 오독 _196
천국보다 아름다운 지옥 _198
포퓰리즘 _200
시와 소설 _202
우리 시대 시인 _204
책 읽는 사람들 _206

4부
다정한 편견

희망버스 _210

85호 크레인 _212

그리운 어른들 _214

목숨들 _216

도적의 물은 마시지 않는다 _218

두려워해라 _220

가정맹어호 _222

농민은 아니겠지 _224

푼수 선생님 _226

강정마을 구럼비 _228

증명서 시대 _230

부서진 내면들 _232

은어의 귀환 _234

장풍 쏘는 사내 _236

곤봉을 다루는 방법 _238

세상에서 가장 오래된 이야기 _240

군대와 악몽 _242

소문들 _244

기억을 철거하기 _246

내 안의 사원 _248

우리 시대 아틀라스 _250

단순과 복잡 _252

폭력의 도발 _254

동교동 세거리 두리반 _256

만석보와 사대강 _258

원숭이 재판 _260

명예를 생각함 _262

모순어법들 _264

이삭줍기 _266

뮤지션과 악기노동자 _268

새는 오른쪽 날개로 난다 _270

서글픈 보수 _272

역사적 공작 _274

우리도 안다 _276

유예된 희망 _278

오월 그날이 다시 오면 _280

인간적인 기도 _282

전쟁을 부추기는 자들 _284

편견을 사랑함 _286

진화하는 고통 _288

행복 레시피 _290

현명한 사투리 _292

지난 2008년 11월부터 2012년 5월까지 경향신문에 〈손홍규의 로그인〉이라는 칼럼을 연재했다. 일주일에 한 편씩이었던 글을 모두 헤아려보니 180편이다. 그중 이야기가 겹치거나 마음에 흡족하지 못한 글을 가려내고 이렇게 책으로 묶는다. 이 글을 쓰던 시절 내내 나를 괴롭혔던 건 원고지 4.5매 내외라는 분량상의 제약이었다. 돌아보면 그런 제약이 있었기에 단상에 가까운 생각들을 붙잡아둘 수 있었고 단어를 고르거나 문장을 다듬는 일에 더 주의를 기울일 수 있었던 듯하다. 아무쪼록 편견으로 가득한 이 글들이 가깝고 살가운 이가 들려주는 다정한 속삭임쯤으로 여겨질 수 있기만을 바랄 뿐이다.

2015년 봄 손홍규

1부

시간이 지날수록
초라해지는 목록

어머니의 잠든 얼굴

오래전 수유리 통일의 집에 한번 가본 적이 있다. 어느 월간지의 객원기자 신분으로 취재차 가게 되었는데 미리 연락을 했던 터라 시간에 맞춘다고 서두르니 약속시간보다 일찍 도착을 했다. 하릴없이 대문 앞에 섰다가 놀면 뭐하나 싶어 슬쩍 들어갔는데 숨소리조차 들리지 않을 만큼 고요하고 평온하기 이를 데 없었다. 책이 쌓인 작은 서재를 비롯해 모든 게 소박하고 정갈했다. 그러다 문 열린 방을 지나쳤는데 박용길 장로가 돌아누운 채 잠든 걸 보았다. 나는 발소리를 죽여 통일의 집을 빠져나왔다. 그리고 오래도록 작은 정원을 바라보며 어머니를 떠올렸다. 살아가면서 우리가 이따금 목격하게 되는 어머니의 잠든 모습을 그처럼 불시에 목격하게 되었으니 말이다. 어린 시절에는 한 번도 본 적이 없다. 어머니는 나보다 늦게 잠자리에 들었고 아침에 내가 눈을 뜨면 말끔한 얼굴로 밥상을 내 앞에 놓아주었다. 그 시절에는 어머니의 바지런함을 무심히 넘겼으나 차츰 나이를 먹을수록 그 일의 어려움을 깨닫게 되었다. 식구들이 모두 잠들었는지를 확인한 뒤 고단한 몸을 뉘었다가 새벽 첫닭이 울면 소리도 없이 이부자리를 빠져나와 아궁이에 불을 지폈을 것이다. 불 그림자가 당신의 얼굴에서 고통스럽게 일렁였을 테고 뜨뜻한 밥물이 흐르는 가마솥을 행주로 훔치다 손을 데기도 했을 테다. 숯불처럼 이글거리는 부지깽이 끝이 떨어져나가면 생의 한 토막이 그처럼 뚝 끊어진 듯 허전하기도 했을 것이며 잔손놀림에 간장 그릇이라도 넘어뜨리면 생을 엎지른 듯 못내 아파하기도 했을 것이다. 언젠가 떠나가고 말 어머니들. 이미 떠나버린 어머니들. 이처럼 떠나버린 뒤에야 그 옆에 다소곳이 앉아 잠든 얼굴을 한 번쯤 들여다보고 싶은 노동자의 어머니와 통일의 어머니.

라면엔 계란

고향집에 내려가면 밥을 먹게 되어 좋다. 밥상머리의 주된 이야깃거리는 대처에서 홀로 사는 아들 녀석 즉 가련하기 짝이 없는 가난하고 볼품없는 내가 대체 뭘 먹고 사느냐다. 어느 날 나는 생각 없이 라면 먹지요, 라고 했는데 아마도 그런 말을 내뱉은 이유는 내 한심한 신세를 견디는 건 나 자신이라는 사실을 강조해두고 싶어서였는지도 모른다. 어머니는 파나 양파 혹은 계란을 넣어 먹느냐고 물었고 나는 귀찮아서 그냥 라면만 끓여 먹는다고 대답했다. 그때 아버지가 버럭 소리를 질렀다. 이놈아, 라면엔 계란을 넣어야지! 라면만 먹으면 죽어! 어머니와 나는 화들짝 놀라 쥐었던 숟가락을 떨어뜨릴 뻔했는데 정말 라면만 먹으면 금방이라도 죽는 게 아닐까 싶을 정도로 비장하게 여겨지는 고함 탓이었다. 물론 내가 라면에 계란을 넣지 않아 아버지가 그토록 분개했다고 믿지는 않는다. 사는 꼴이 탐탁지 않은 내게 무언가 훈계를 하고 싶어도 머리가 굵은 아들이 들어줄 리 만무일 테고 분통을 터뜨리고는 싶은데 마땅한 꼬투리를 잡을 수 없었던 것이리라. 마침내 아버지는 기회를 잡았고 라면에 계란도 넣지 않는 걸로 짐작건대 네 사는 꼴이 얼마나 한심하고 망측할지 눈앞에 훤하다는 힐난을 했던 거다. 나는 이런 시대에 어디 저만 그러나요. 다들 사는 꼴이 우라질이지요. 이처럼 우물대다가 새삼 개과천선하여 부르주아 흉내를 내는 것도 그렇고 신분상승이라는 허황된 기약조차 할 수 없는 노릇이었으므로 다음부터는 반드시 라면에 계란을 넣어 먹을 테니 걱정 말라는 약속을 하고 말았는데 나도 모르게 눈물이 핑 돌았다. 그뒤 라면을 끓일 때면 잊지 않고 계란 한 알 넣어 먹는데 신기하게도 오래 살 것 같은 행복한 착각이 들곤 하는 거였다.

우산

며칠 전 봄비가 내렸다. 일기에 무심한 터라 이번에도 속절없이 비를 맞을 판이었다. 사람들의 가방 위로 삐죽 솟아나온 우산 손잡이를 보고도 준비성 철저한 그들을 부러워만 했을 뿐이다. 나는 지하철 출입구에서 오도 가도 못한 채 어두운 하늘을 비긋이 올려다보았다. 그러자 흑백사진 같은 오래된 기억이 떠올랐다. 토요일 오후였고 비가 내렸다. 나처럼 우산이 없는 녀석들만이 하릴없이 복도를 서성이며 비그이를 했다. 그마저도 하나둘 떠나버리자 비구름 때문에 어둑신한 그곳에는 나 홀로였다. 한 시간쯤 지났을까. 빗발은 수그러들지 않았다. 어머니를 원망하지는 않았다. 내가 사는 마을은 학교에서 가장 먼 곳이었고 어른 걸음으로도 족히 한 시간은 걸렸다. 학교를 떠나려 할 때 저멀리 물안개와 빗줄기를 헤치고 낯익은 실루엣이 다가오는 모습이 보였다. 어머니였다. 흙탕물이 튀어 더럽혀진 치맛자락이 당신의 알종아리를 척척 휘감는 탓에 위태로운 걸음걸이로 다가왔다. 꼴에 사내랍시고 호기를 부린 나는 어머니를 먼저 돌려세운 뒤 좀더 머물다가 돌아갔다. 마을 어귀에 이르자 이미 빗물이 내를 이루어 길에 고랑을 만들며 흐르고 있었다. 그 질퍽한 황톳길에서 발자국을 보았다. 빗물이 흥건히 괴어 있는 낙인처럼 찍힌 발자국들. 그것이 꼭 어머니 당신의 것만 같았다. 그 길을 허덕허덕 돌아갔을, 당신 아들의 손을 붙잡고 돌아가는 작은 즐거움을 기꺼이 포기하고 짓쳐드는 빗줄기를 손으로 가리며 돌아갔을 바로 당신의 발자국이 아니라면 누구의 것일까.

지하철 입구에 마치 과거에서 튀어나온 듯한 또다른 어머니가 서 있었다. 계단을 종종걸음으로 내려오던 여고생이 그이의 손에서 우산을 낚아채더니 성큼성큼 비 내리는 세상으로 걸어들어갔다. 아이의 어깨는 지쳐 보였다. 저 아이도 알겠지. 훗날 왜 이 순간 어머니를 보며 싱긋 웃어주지 않았나를 자책하는 때가 오리라는 걸. 되돌아갈 수 없고 재현할 수 없는 매 순간들이 우리의 역사라는 걸.

감정의 귀환

어린 시절 나를 매혹시킨 풍경들에는 예외 없이 공통점이 있다. 그러니까 그 풍경들 속에는 반드시 누군가 있었다. 내가 알지 못하는 누군가일 수도 있었고 부모처럼 무척 가까운 누군가일 수도 있었다. 그 시절에는 미처 깨닫지 못했으나 이처럼 과거를 추억하기에 이르러서야 풍경을 완성하는 것은 사람이라는 걸 안다. 동틀 무렵 이슬이 잔뜩 내린 길은 내가 아는 어떤 그림보다 청량했으나 그 길을 걷는 누군가의 발소리가 희부연 기운을 가르며 자박자박 들려와야 비로소 아침이 시작되었다. 해질 무렵이면 노을이 물든 하늘 아래 길게 호를 그리며 지나는 기찻길이 세번째 눈을 뜨기라도 하듯 전혀 색다르게 번득였다. 그것만으로도 충분히 아름다웠으나 철둑 위로 귀가하는 농민들의 실루엣이 하나둘 흩뿌려지면 말로 설명할 수 없는 어떤 감정이 치솟았다. 적어도 그 시절에는 사람은 풍경의 일부였고 풍경은 사람을 밀어내지 않았다. 사춘기 무렵 세상에 대한 반항심이 극에 달했을 때에도 나는 그런 식으로 사람을 이해해 갔다. 먼 하늘을 바라보는 누군가를 우연히 목격했을 때에도 그러했으며 악다구니 같은 말을 쏟은 뒤 헛간이나 뒤란에 숨어 눈물을 흘릴 때 그 눈물이 돌아갈 곳이라고는 바로 내가 발 딛고 선 이 대지밖에 없다는 사실을 문득 깨달았을 때에도 그러했다. 우리의 눈물이 대지로 돌아가는 건 중력의 법칙 때문이 아니라 그곳이 바로 고향이기 때문이리라. 그러므로 풍경을 훼손하는 건 스스로에게 칼날을 들이대는 것과 다르지 않다. 사람을 소거한 풍경이 내게 아무런 감흥을 주지 못하듯 사람이 전면을 차지한 풍경 역시 아무런 감흥을 주지 못한다. 거기에서는 아무런 감정을 발견할 수 없기 때문이다. 올더스 헉슬리는 『멋진 신세계』에서 이렇게 말했다. '개인이 감정을 가질 때 공동체는 비틀거린다.' 풍경을 파괴하는 공동체는 비틀거려야 한다.

발금

이따금 손금을 들여다본다. 손바닥을 가로지르는 선들 가운데 운명선이 있다. 그래서 어느 소설가는 아이가 태어날 때 두 손을 꼭 쥐고 태어나는 것과 사람이 저마다 자신의 운명을 쥐고 태어나는 것의 유사성을 말한 적도 있다. 가만히 보노라면 대체로 손금이 옆으로 뻗었는데 그런 손금 두어 개씩을 난폭하게 종단하는 그 선에 운명선이라는 이름을 지어준 게 수긍이 간다. 운명은 어쨌든 지독한 법이니까. 그러나 또한 나는 운명이 그처럼 손쉽게 쥐락펴락할 수 있고 들여다볼 수 있는 손바닥에 새겨졌다는 사실을 쉬이 용납하고 싶지는 않다. 그래서 손바닥을 들여다보듯 이따금 발바닥을 들여다본다. 거기에도 금이 있다. 손바닥만큼 현란하지는 않지만 오래 보면 '발금'의 목소리를 들을 수 있다. 손금처럼 섬세하지는 않으나 발금에는 그 사람이 걸어온 이력이 고스란히 들었다. 어느 날 어머니의 발바닥을 보았을 때 다른 누구도 아닌 농민의 역사 또한 볼 수 있었다. 발바닥 갈라진 틈에 낀 흙 알갱이는 문신이라도 한 듯 피부와 하나가 되었고 나는 '어머니의 발바닥에는 흙 강이 흐른다'고 중얼거렸다. 거기에도 강이 있고 강으로 흘러드는 샛강이 있으며 모래톱과 범람원이 있다. 당신이 걸어온 텃밭과 산밭과 무넘기 논의 흙내가 있으며 신작로와 농로를 따라 피어난 들꽃들의 향기도 있다. 발금을 보고도 증오를 품지 않는다면 사람이 아니라는 생각에 이어 증오보다 아름답지만 내가 사는 동안 결코 실현할 수 없는 숭고함을 이미 부여받은 그이들과는 다른 세대에 속한 스스로가 서글퍼지고 어쩌면 운명은 그처럼 대지와 맞닿은 발바닥에 새겨져야 마땅하다는 생각도 드는 것이다. 운명은 제 주인의 분노가 두려워 그처럼 숨은 것이다.

길고양이

구조된 길고양이 한 마리를 입양해 기른 적이 있다. 처음 며칠
은 침대 밑에서만 숨어 지내더니 이내 독립성이 강한 녀석답게
방안을 활보했는데 그 모습이 퍽 우아하게 여겨졌다. 외출했다
돌아와 난장판이 된 방을 치우며 누군가와 함께 사는 일이란,
그게 설령 짐승일지라도 이처럼 사소한 사연들을 만드는 일이
라는 생각이 들었다. 고양이와 더불어 사는 시간은 평화로웠
다. 녀석은 무럭무럭 자랐고 우리는 서로 대화를 할 수 있게 되
었다. 정말 내가 녀석의 말을 녀석이 내 말을 제대로 알아들었
는지 확신할 수는 없지만 말이다. 고향집에 내려갈 때는 이동
장에 넣어 함께 갔다. 마침 우리집 거실에 모였던 동네 아주머
니들이 머리를 쓰다듬어주었는데 고개를 쑥 내밀어 두 눈을 지

그시 감고 가르릉대던 녀석이야말로 내가 부러워해 마지않는 팔자 그대로였다. 물론 어머니는 저렇게 고양이를 껴안고 사니 장가들 생각이 있겠냐며 타박을 했는데 나중에 녀석이 내게서 탈출한 뒤로 눈물부터 비친 이가 바로 당신이었다. 녀석을 영영 잃어버리기 전에도 여러 번 그런 일을 겪었다. 그때마다 나는 골목을 돌아다니며 녀석의 이름을 하염없이 불렀다. 그러다 귀기울이면 거짓말처럼 어디선가 가느다란 울음소리가 들려왔다. 어느 구석에 웅크린 녀석을 찾아내 품에 안으면 품속 가득 두려움과 기쁨이 섞인 떨림이 채워지는 걸 느낄 수 있었다. 모든 존재는 공포를 느낀다. 자신의 이름을 누군가 불러주길 바라며 그 부름에 대답할 수 있기를 바란다. 고양이를 잃은 뒤로 나는 고요한 밤마다 귀기울인다. 이제는 누군가 나를 불러주길 간절히 기다린다. 내가 돌아가야 할 곳이 어디인지 알 수 없기에 내가 떠나온 곳이 어디인지 알 수 없기에.

날마다 잔치

내가 중학생일 때 TV수신료 납부가 부당한 일임을 처음 깨달은 마을 어른들은 분통을 터뜨리며 마당 한가운데 선 채 고지서를 흔들어대곤 했다. 그래봐야 수신료는 전기세 고지서에 통합 고지되었던 터라 애꿎은 한전 직원과 소득 없는 말다툼을 벌일 뿐이었다. 나중에는 훈련통지서를 돌리던 방위들마저 한통속으로 취급받아 따르릉 소리 한 번 내지 못한 채 자전거를 끌고 고양이처럼 살금살금 마을을 돌아다녀야 했다. 마을 어른들의 대처 방식은 비슷한 면이 있었다. 당시만 해도 귀중품이나 마찬가지였던 TV를 없애버릴 수는 없는 노릇이니 MBC에 고정한 채 채널 손잡이를 테이프로 봉해버리거나 아예 그런 상태로 손잡이를 빼서 따로 고이 모셔두었다. 검침원이 오든 우체부가 오든 방위가 오든 어른들은 그이들의 손을 잡아 이끌어 방으로 들게 하곤 자신들은 결코 KBS를 시청하지 않는다는 사실을 역설하곤 했는데 난데없이 끌려 들어간 그들로서는 고개를 주억거리는 것 말고는 달리 할 말도 할 수 있는 일도 없었다. 그런 어른들을 가장 괴롭혔던 건 바로 〈전설의 고향〉이었다. 전설의 고향을 시청할 수 없는 밤이란 얼마나 심심한가. 몰래 KBS를 시청할 수도 있었건만 양심이 괴로웠던 어른들은 유일하게 KBS를 시청하던 집으로 향했다. 괜히 안부를 묻고 살림을 걱정해주는 척 찾아가서는 그토록 보고 싶었던 드라마를 시청한 뒤 그 집을 빠져나왔는데 날이 갈수록 대범해져서는 저녁밥상을 물리면 아예 대놓고 그 집에 찾아가곤 했다. 그렇게 해서 날마다 그 집은 마을 사람들로 북적였고 빈손으로 찾기 민망했던 사람들이 술이며 안주며 군것질거리를 들고 모여들어 때아닌 잔치 분위기로 그 집은 날마다 그들먹해졌다. 희망은 각다분한 현실조차 잔치로 바꿔버리는 사람들에게 있다.

환대

내가 부러워하는 일 가운데 하나가 삼삼오오 모여 밥 먹는 거
다. 그렇게 먹는 밥이 꿀맛이다. 혼자 밥을 먹으면 돌을 씹고
쇠구슬을 삼키는 것처럼 힘겹다. 그럴 때면 낯선 사람들 틈에
라도 끼고 싶어진다. 자주 혼자 밥을 먹는 나는 그런 이유로 식
당에 가더라도 되도록 붐비는 시간을 피한다. 점심 손님이 썰
물처럼 빠져나간 중국집에서였다. 직접 가면 배달보다 저렴해
단골 삼은 식당이다. 어린 학생 두 명이 나처럼 후줄근한 차림
으로 슬리퍼를 끌며 들어왔다. 내 일행도 아닌데 퍽 반가웠다.
그이들이 짜장면 곱빼기를 주문할 때는 고향 동생처럼 여겨졌
다. 곱빼기를 먹어야 든든하지. 뭘 좀 아는구나. 조금 뒤 한 학
생이 손전화를 받더니 집에서 오란다며 불평을 했다. 그러자

다른 한 학생이 집에 가면 돈 주니까 좋지 않느냐고 했다. 둘은 이 문제로 한참을 실랑이했다. 나도 그랬다. 도청소재지의 고등학교에 다니던 시절 어느 겨울이었다. 몇 주째 고향에 내려가지 못한 터라 더는 미룰 수 없어 갔던 날 눈이 오지게 내렸다. 버스마저 끊긴 눈길을 무릎까지 푹푹 빠져가며 기다시피 헤치고 고향집에 도착했을 때는 이미 깊은 밤이었다. 언제나 노동에 지친 부모님의 앓는 듯한 숨소리가 희미하게 들렸다. 나는 마루에 쌓인 눈을 쓸어내며 조심스레 올라 방문을 열고 부모님이 잠든 방으로 들어갔다. 잠결임이 분명한데도 아버지는 어둠 속에서 한참 동안 주섬주섬 무언가 채비를 하더니 이내 다시 곯아떨어졌다. 다음날 아침 나는 지난밤 어둠 속에서 아버지가 무얼 했는지 알았다. 방문 틈새를 이불로 막았던 거다. 이런 옛일을 떠올린 나는 그 여학생에게 부디 고향집에 내려가라는 말을 하고 싶어졌다. 돈보다 소중한 걸 분명히 얻게 될 테니. 살면서 다시 만나기 어려운 환대를.

사내들의 대화

친척들은 대부분 도시에 살기에 휴가를 보내기 위해서거나 벌초를 위해서 내 고향집에 들러 묵곤 한다. 한적한 고향집이 그런 날이면 잔칫날처럼 그들먹해지는데 함께 어울려 근처를 구경하러 다니거나 이름난 음식점을 찾아 외식을 하러 나가는 일들이 모두 흥겹다. 이윽고 밤이 되면 잠자리에 드는데 애나 어른이나 불을 끈 뒤에 무슨 할말들이 그리 많은지 거실에 함께 누워 창을 통해 들어오는 어스름한 달빛에 젖은 채 깔깔대며 밤이 깊은 줄도 모르는 것이다. 두 이모와 어머니는 밤이 새도록 두런두런 이야기를 나누는데 세 자매가 서로에게 콧방귀를 뀌면서도 저토록 다정할 수 있다는 게 신기할 정도였다. 적당한 어둠은 서로의 숨소리에 귀를 기울이게 해주며 말 속에 담긴 진심을 헤아릴 수 있도록 해준다. 그래서 나란히 누운 채 불을 끄면 그이들은 어둠 속에서 공평해지며 서로의 다른 삶에서 어떤 공통점을 본능적으로 느끼는 듯하다. 세 자매만 그런 것은 아니다. 어느 날인가는 거실에 나란히 누운 아버지와 외숙부 그리고 외숙부의 친구 역시 이제 잡시다 하고 불을 끄더니 두런두런 이야기를 나누는 게 아닌가. 사내들은 또 무슨 이야기로 밤이 깊은 줄 모르나 싶어 귀를 기울였더니 세 자매 못지않게 시답잖은 이야기들이었다. 그 시절에 휴지가 어딨냐. 지푸라기 뭉쳐서 닦았지.(이건 아버지다) 매형은 나았던 거요. 난 손에 잡히는 돌로 닦았는데.(이건 외숙부다) 편한 소리들 하시네요. 바짓가랑이 찢어진 바지라 그냥 싸고 말았죠.(이건 외숙부의 친구다) 닦지도 않으셨단 말인가.(이건 내 속마음이다) 그렇게 환갑을 훌쩍 넘긴 세 남자는 어린 시절 당신들 가운데 누가 더 고생을 많이 했는지를 겨루는 중이었다. 밤은 깊어가고 인간의 대화는 점점 아득해진다.

설탕물

어떤 글에서 이런 의미의 문장을 읽은 적이 있다. 집시들은 아름다운 것들, 예를 들어 노을이 물든 하늘을 보았을 때 아름답다는 말보다는 맛있겠다는 표현을 즐겨 사용한다는 거였다. 가난해서 늘 굶주리는 그들에게는 맛있겠다는 말이 어떤 대상의 아름다움에 바치는 최고의 헌사인 셈이다. 그 문장을 읽었을 때 나도 모르게 가슴이 뜨거워졌는데 어디 그런 식의 표현이 집시에게만 있겠는가. 함박눈이 내리면 쌀밥 같은 눈이 내린다고 말하던, 늦가을 들판을 황금이 깔린 낙원으로 여기던 내 고향 사람들 또한 그렇다. 가을이 깊어가고 들판이 누렇게 물들면 가난한 이들도 잠시나마 풍요로울 수 있었다. 새벽부터 늦은 밤까지 들판은 수확하는 사람들로 북적였고 탈곡기 소리 경운기 소리 수매가를 점치는 들뜬 목소리들이 한데 뒤엉켰다가 푸르고 높은 하늘로 사리사리 풀려갔다. 한 해의 노동이 결실을 맺던 그 시절 지친 몸을 이끌고 아버지가 돌아오면 나는 냉큼 당신 앞에 조아리고 섰는데 그건 다름아니라 어머니가 타준 설탕물을 얻어 마시기 위해서였다. 어른들은 설탕물을 홍삼 다린 물과 다름없이 여겼던 터라 어린 내게는 마치 신들의 음료라도 되듯 대단해 보였던 거다. 아버지는 으레 반쯤 마신 뒤 설탕물 대접을 내게 건네주었는데 여태도 나는 달고 시원했던 그 설탕물맛을 잊지 못한다. 어느 날인가는 한번 부엌 찬장에서 설탕을 끄집어내 물에 타 먹어보았으나 아버지가 건네주었던 것처럼 달기는커녕 밍밍하기만 했다. 아버지의 타액이 조금쯤은 스며들어야, 하루 동안의 노동의 흔적이 스며들어야 단맛이 난다는 걸 지금은 안다. 그러니까 정말로 맞는 말이다. 달고 맛있는 물이야말로 아름답다. 아름다운 것이야말로 맛있다. 그저 설탕을 물에 탔을 뿐인데도.

싸목싸목

일가붙이가 턱없이 소슬한 집안에서 자란 탓인지 나는 유독 피붙이라는 낱말이 주는 살가움에 목말라했다. 형, 누나, 아우, 이런 낱말은 아예 나와는 무관했다. 그래서였는지 어린 시절 나는 고종사촌을 친형제나 다름없이 여기며 살았다. 고모부는 과묵한 분인지라 좀 무서웠지만 고모는 이모나 어머니처럼 가까웠다. 생전의 고모를 무척 따르긴 했지만 나는 매번 당신을 찾아갈 때마다 곤혹스러웠다. 지금의 공깃밥 서너 배는 거뜬히 되는 고봉밥을 내놓고 어서 먹으라고 채근하기 일쑤였는데 무쇠라도 씹어 먹을 나이였다지만 그처럼 많은 밥을 먹는 게 쉬운 일은 아니었다. 간신히 고봉밥을 비우면 냉큼 한 공기 더 내놓는데 못 먹겠다고 손사래라도 치면 대번에 '어디서 뭘 처먹고 온 거냐?'는 지청구를 먹기 마련이었다. 밥도 먹고 욕도 먹고 배가 부르지 않을 수 없었다. 그 시절에는 밥 잘 먹는 게 복이었다. 멀지도 않은 윗마을에서 어린 조카가 찾아왔다고 고봉밥을 내놓는 걸 최대의 예의라 생각했던 당신이다. 밥 먹는 걸 흐뭇한 얼굴로 내내 지켜보며 당신은 '싸목싸목' 먹으라는 말을 추임새처럼 넣어주곤 했다. 싸목싸목. 지금은 이 낱말을 '천천히'라는 뜻으로 풀어 새기지만, 이런 뜻풀이로는 다 채울 수 없는 정서적인 무언가가 여전히 남는다. 밥 한 끼 베푸는 게 무슨 대수냐고 말할 수도 있겠지만, 달리 대접할 게 없던 그 시절에는 밥상 한번 차려주는 것보다 더한 인정이 없었다. 그래서인지 싸목싸목이라는 말을 들으면 미리 배가 불렀다. 바쁜 일 없으면 싸목싸목 오시게나, 라고 해도 배가 불렀고 체할라, 싸목싸목 먹으렴, 이라 해도 배가 불렀다. 한 생을 두고 우리가 자신의 길을 싸목싸목 가듯이 밥 한 공기 싸목싸목 뜨고 사람 사이도 그처럼 싸목싸목 두터워지는 거라는 기분이 들었으니 말이다.

사랑을 묻는다면

요즘 이런저런 사정이 생겨 손빨래를 해보니 손목이 시큰거리고 팔뚝이 저리다. 그러고도 내가 해놓은 빨래는 영 야무지지가 못하다. 고향집에도 세탁기가 있지만 어머니는 한사코 손빨래를 한다. 수압이 너무 낮아 세탁기가 힘을 쓰지 못해서라는데 당신이 괜히 사서 고생을 하는 듯싶어 마음이 편할 수가 없다. 마당 한구석 담 아래 바닥을 시멘트로 다지고 고무함지를 수도꼭지 아래 놓아둔 수돗가가 있어 어머니는 밭일을 하고 난 뒤 돌아와 그곳에서 장화와 호미를 씻거나 텃밭에서 거둔 푸성귀를 씻기도 한다. 그러나 무엇보다 자주 볼 수 있는 건 고무장갑 낀 손으로 빨래를 하는 어머니다. 거기에 놓인 빨래판이나 빨랫비누 따위를 보고 있노라면 오래 익어 몸에 뱄다는 핑계로 고집스럽게 손빨래를 하는 어머니의 심사가 정녕 궁금해진다. 몸이 편하면 병이 찾아온다는 믿음을 고수하는 당신 세대의 억척스러움을 모르지는 않으나 그만큼 고생했으면 늘그막에라도 편히 쉬어야 사람다운 삶이라고 생각하는 우리 세대의 부채의식이 내 안에서도 꿈틀대는 탓에 수돗가를 향해 등 돌리고 앉아 묵묵히 빨래를 하는 어머니가 어떤 알 수 없는 대상을 향해 시위를 하는 듯 느껴지기도 한다. 그래서 고향집에 가면 빨랫감 내놓기를 주저하게 되는데 어머니는 수시로 내 방문을 벌컥 열고는 빚 독촉이라도 하는 사람처럼 빨랫감 없냐고 묻는 것이다. 마지못해 내주면 당신은 두말없이 수돗가로 가서 빨래를 하는데 어느 사이에 그것들은 곱게 개켜져 방문 앞에 놓인다. 당신이 젊었을 적이나 지금이나 당신 손끝에서 나온 것들은 이처럼 한결같다. 손목이 시큰거리고 팔뚝이 저리지 않은 사랑이 어디 있냐고 오래 묻기라도 하듯.

여름 밥상

어린 시절에는 여름이면 밥상이 단출했다. 그래도 좋았다. 지금과 같은 전기밥솥이 없던 때여서 밥을 플라스틱 바구니에 담아 바람 잘 드는 부엌문 문설주에 걸어두었다. 그러면 이틀 정도는 밥이 쉬지 않았다. 물외나 몇 개 깎고 풋고추 몇 개 따서 상에 올리면 밥 한 그릇이 금방 뚝딱이었다. 마루에 밥상을 놓고 식구가 둘러앉으면 요란한 매미 소리와 외양간에서 울리는 요령 소리마저 입맛을 돋웠다. 지금이야 라면을 인스턴트식품이라고 해서 경원시하지만, 그 시절에는 라면이 귀한 간식거리였다. 누군가에게는 주식이기도 했다.

어느 날 여름 점심으로 짜파게티를 먹게 되었다. 그냥 라면도 아니고 짜파게티라니. 짜장면 한번 먹는 게 소원이었던 시골 촌놈의 눈이 휘둥그레지지 않을 수 없었다. 부엌의 풍로에 양은냄비를 올려놓고 물이 끓기를 기다리는 시간은 초조 그 이상이었다. 이윽고 물이 끓었다. 이런 중차대한 일은 가장이 맡아야 했다. 그러니까 어머니와 나는 구경만 하고 아버지가 다 했다. 면발을 넣었다. 짜파게티는 면이 다 익은 뒤 적당한 양의 물만 남기고 나머지는 버려야 한다. 말하자면 물을 따라 버리는 순간이 이 요리의 절정이다. 얼마나 요령껏 물을 따라 얼마나 적당한 양을 남기느냐가 맛을 좌우하기 때문이다. 자칫 잘못하면 면발 아래 잠복한 물을 수프를 풀었을 때에야 발견할 수도 있었다. 라면 하나 끓이면서 웬 호들갑이냐고 하실 분도 있을 게다. 하지만 그랬다. 정말 호들갑이라도 떨지 않고서는 초조해서 죽을 것 같았다. 알뜰한 농사꾼이었던 아버지는 짜파게티 끓인 물을 조심히 다뤘다. 이걸 어떻게 그냥 버리냐는 것이다. 해서 아버지는 냄비째 들고 여물통에 다가가 물을 따랐다. 지켜보는 내가 다 조마조마했다. 아니나 다를까, 냄비 주둥이에서 간당간당하던 면발이 덩어리째 여물통으로 빨려들어갔다. 면발을 건져내 찬물에 씻으면서 얼마나 울었는지 모른다. 그래도 그날 점심 짜파게티는 맛있었다.

한여름 밤의 정전

며칠 전 한밤중에 전기가 나갔다. 사위가 순식간에 어두워졌고 정적에 휩싸였다. 곧 들어오겠지 싶어 기다렸는데 깜깜무소식이어서 밖을 염탐했더니 평소라면 불빛들이 은성했을 인근 몇 블록이 어둠에 잠겼다. 정말 전기가 나갔다. 그리고 사실을 말하자면 나는 좀 즐거웠다. 대체 이게 얼마 만에 겪는 정전이란 말인가. 십수 년은 된 듯했다. 어린 시절에는 정전이 유독 잦았다. 저녁 무렵에 전기가 나가면 고향마을은 고대로 되돌아간 듯 무섭도록 고요했다. 이따금 사람들의 불안을 대신 말해주듯개 짖는 소리만이 들려올 뿐이었다. 식구가 밥상에 둘러앉았을때면 꼼짝없이 숟가락만 빨아야 했다. 그런 일을 자주 겪다보니 웬만한 집에서는 양초를 준비해뒀다. 대개는 정전이 오래가

지 않았다. 이따금 지루할 만큼 길어지기도 했는데 이놈의 전기는 왜 들어오지 않는 거냐며 전기를 마치 집 나간 자식 취급을 하던 어른들의 지칭구마저 정다웠다. 촛불에 의지해 밥을 먹노라면 우리 식구가 고대에서 온 무리라도 되듯 새롭게 보였다. 그릇에 부딪는 숟가락이나 젓가락 소리도 더 크게 들렸다. 그리고 무엇보다 좋았던 건 촛불만이 가득한 방은 전혀 가난해 보이지 않았다는 점이다. 어둠은 모든 걸 공평무사하게 취급하는 힘이 있었다. 나는 적당한 어둠이 가져다준 평화가 고마웠다. 옆 사람의 숨소리와 온기에 좀더 민감해지던 시간들. 그런 시간들을 다시 겪고 싶었던 모양이다. 아니나 다를까. 가로등마저 꺼진 동네는 내가 처음 가본 곳처럼 신비로웠다. 어두운 골목을 걷는 사람들마저 유쾌하게 여겨졌고 캄캄한 창에서 흘러나오는 사람들의 목소리가 정겨웠다. 가끔 눈을 감으면 세상은 전혀 다른 곳이 된다. 미처 우리가 알지 못했던 것들이 어둠 속에서 기지개를 켜고 다가오기도 한다.

곶감

감을 따는 일은 무척이나 즐거웠다. 밤을 딸 때는 행여 밤송이에 얻어맞지나 않을까 조마조마했지만 감을 딸 때면 설령 머리에 떨어진 홍시가 퍽 소리를 내며 경쾌하게 부서지더라도 아프기는커녕 외려 흥이 났다. 하지만 어린 시절에는 땡감이 홍시가 되기까지 기다려본 적이 별로 없었다. 홍시는 오래 보관하기 어려웠기에 덜 익었을 무렵 감을 땄다. 그렇게 딴 감을 일부는 항아리에 넣어 우려먹거나 곶감을 만들어 먹었다. 그래야 오래 먹을 수 있었다. 감 한 알마저 군것질거리가 아닌 일용할 양식으로 여겼던 시절이라 그런 식으로 수확하고 보관했던 모양이다. 긴긴 겨울밤에 꼬치에서 곶감을 빼 먹는 기쁨이란 말로 설명하기 힘들 정도였다. 그래서 나는 헐벗고 메마른 감나무 가지가 시린 하늘에 손금을 그으며 찬바람에 살풋 흔들릴 때부터 이미 조바심을 내며 넛할아버지를 기다렸다. 할머니의 오라비이자 아버지의 외숙부인 그이는 길을 따라 가자면 하루가 꼬박 걸리지만 산을 두어 개만 넘으면 되는 곳에 살았다. 거기가 바로 할머니의 고향이기도 했다. 그이는 겨울이면 술병이 달랑거리는 지게에 곶감을 싣고 그 험한 산을 넘어 우리집에 왔다. 곶감을 좋아하는 할머니를 위해 눈 덮인 산을 고무신을 신고도 한번 넘어지지 않고 제꺽 넘어오고는 했는데 오는 길에 한 잔씩 한 잔씩 술을 마신 터라 우리집에 도착할 무렵에는 찬바람에 그을리고 술기운에 달아오른 얼굴이 영락없이 곶감 같았다. 그이가 돌아가신 뒤에야 나는 그 일이 얼마나 정성이 필요한 일이었는지를 깨달았다. 가난하고 선량했던 옛사람들이 동기간의 우애를 표현하는 방식은 그처럼 조금은 우악스런 면이 있었다. 오라비 오셨소. 누이 잘 지냈는가. 그 말을 나누기 위해 곶감 지고 산을 넘은 사람들이 그립다.

존재를 엿듣다

생긴 건 여축없이 시골머슴인데 하는 짓은 좀생이라 나를 아는 많은 이들이 내 본래면목을 보게 되면 고개를 갸웃 기울이곤 한다. 아직 소설가라는 꼬리표를 달지 못했던 문청 시절 나는 문인들이 모인 어느 술자리에서 지금은 원로가 되신 어떤 소설가의 말씀을 경청했는데 그이는 소설을 쓰기 위해 얼마나 발싸심을 하며 취재를 다녀야 했는지를 털어놓았다. 무릇 소설가라면 저래야 한다고 생각했던 나는 그이처럼 속세를 떠나 산으로 올라가는 소설가가 아닌 사람들 속으로 깊숙이 들어가는 소설가가 되겠노라 다짐했다. 하지만 천성이 못나서일까. 낯선 이들에게 말 한 마디 붙이려면 조금 과장해서 목숨을 걸 용기가 필요하다는 걸 오래지 않아 깨달았다. 나로서는 남들의 말을 엿듣는 것 말고 이른바 중심을 향해 육박해 들어가 그들의 목소리에 귀기울일 배짱이 없었던 거다. 따지고 보면 나의 엿듣기는 연원이 꽤 깊다. 어린 시절 집안의 유일한 어른이신 할머니를 여읜 뒤 나는 아랫방에서 줄곧 혼자 지냈다. 형제들이 없던 터라 소슬한 집안인데다 해가 지면 태초로 회귀한 듯 고요한 시골이었으니 마당에서 강아지 한 마리 바스락대는 소리에도 신경이 곤두서지 않을 수 없었다. 그렇게 나는 들었다. 고단한 몸을 뉘고 선잠 들었다가 깨어난 어머니의 등짝을 아버지가 툭툭 두드리던 소리를. 엄지에 실을 감아 팔뚝을 쓸어내린 뒤 바늘로 따주던 소리들을. 그 소리를 이 밤에도 듣는다. 한여름 무더위 탓에 안방 문을 활짝 열어놓은 채 잠든 어머니. 바람이 거실을 관통할 때마다 사개가 맞지 않아 덜컹대는 화장실 문소리 사이로 피어오른 끙끙 앓는 신음을. 잠든 때마저 고단한 우리의 모든 어머니들의 신음을. 모두가 아프게 존재한다는 사실을 엿듣지 않고도 알 수 있었더라면.

가슴에도 별이 뜬다

초등학생이었을 때, 비가 내리는 날 등교시간을 맞추려면 여느 날보다 좀더 서둘러 집을 나서야 했다. 학교에 가려면 제법 폭이 넓은 개천을 건너야 했는데 비가 내리면 평소에 이용하던 무넘깃둑 위로 물이 넘쳐흘러 좀더 하류 쪽의 제대로 된 다리를 이용해야 했다. 어느 날인가는 하굣길에 그렇게 물이 불어난 개천을 건넜다. 점심 무렵 비는 완전히 그쳤으나 오전 내내 내렸던 탓에 개천은 강이라 불러도 좋을 만큼 불어나 사납게 흘렀다. 그때의 하천은 흙빛의 거대한 한 마리 용 같았다.

둑으로는 건널 수가 없어 그 아래로 건넜다. 저 아래 다리로 에둘러 가는 것보다는 나은 듯싶어서였으리라. 개천의 한가운데쯤에 이르러 가슴팍까지 물에 잠기고서야 뒤늦은 후회가 찾아왔다. 어찌어찌 무사히 건넜다 싶을 즈음 고무신이 벗겨졌다. 새하얀 고무신이었다. 차마 운동화가 갖고 싶다는 말은 못하고 지긋지긋한 검정 고무신만이라도 벗어나면 좋겠다 싶어 한참을 조르다 얻어낸 하얀 고무신이었다. 용감하게 하천을 건넜으나 집에 돌아가는 길이 어느 날보다 까마득했다. 새 고무신을, 그것도 새하얀 고무신을 잃어버렸으니 아버지에게 죽도록 얻어맞을 게 분명해 어디론가 도망가 콱 죽어버리고 싶은 심정이었다.

다행히 집엔 아무도 없었다. 나는 재빨리 옷을 갈아입고 집에서 뛰쳐나갔다. 하지만 대체 가긴 어디로 간단 말인가. 근동을 배회하다 밤이 이슥해지자 배가 고파 죽을 지경이 되어 집으로 기어들어갈 수밖에 없었다. 그리고 마루 아래 댓돌에 놓인 또다른 새하얀 고무신을 보았다. 그때 아마도 눈물을 찔끔 흘렸던 것 같다. 나는 오래도록 손바닥만한 마당 한가운데 서서 구름 걷힌 밤하늘에 쏟아질 듯 촘촘히 박혀 빛나는 별들을 사심 없이 올려다보았다. 이따금 별은 그런 식으로 우리 가슴에 들어오는가보다.

마음의 창

밤이 긴 겨울이라서 그런지 유독 어린 시절이 자주 떠오른다. 그 시절에도 겨울을 잘 나기 위해서는 세심하게 준비해야 할 일들이 많았다. 그중 하나가 바로 방문에 창을 내는 것이었다. 방문에 창이라니. 별 건 아니다. 겨울에는 방문을 한번 열었다 닫는 순간 거대한 손이 방안을 휩쓸고 지나간 것처럼 삽시간에 온기가 사라져버린다. 하지만 마당에서 개라도 짖으면 시골 사람들은 방문을 열지 않고는 못 배긴다. 손님이라도 찾아왔다면 어쩔 것인가. 방문도 열어보지 않는다며 무례를 탓한대도 변명할 말이 없으니 말이다. 그렇다고 개가 짖을 때마다 방문을 열 수는 없는 노릇이었다. 그래서 고안해낸 것이 바로 창이었다. 앉았을 때 눈이 닿을 만한 높이의 문풍지를 조금 도려낸 뒤 거기에 투명한 비닐이나 유리를 대면 훌륭한 창이 완성되었다. 개가 짖으면 방문 근처에 앉은 사람이 그 창을 통해 밖을 내다보기만 하면 된다. 손님이 왔다면 문을 열어주고 지나가는 사람이라면 이 추운 날 고생하지 않기를 빌어주는 것으로 족하다. 주로 그 조그만 창을 통해 밖을 내다보는 건 아이들의 몫이었다. 나 역시 그 창으로 무던히도 밖을 내다보았다. 그 창을 통해 마당을 보고 있노라면 우리집 마당인데도 낯설고 신비로웠다. 소리 없이 눈이 내리면 그 창을 통해 눈 오는 세상을 보았다. 그 창은 손바닥보다 작았지만 낯익은 것들의 감춰진 아름다움을 드러내기에는 충분할 만큼 컸다. 사실 창의 크기는 상관이 없었다. 아무리 작은 창일지라도 우리가 그 창에 눈을 가까이 대면 세상을 모두 볼 수가 있다. 마음에도 창이 있다면 그럴 것이다. 그 창을 통해 마음을 온전히 들여다보고 싶다면 눈을 가까이 가져다 대야 한다.

흑백사진 한 장

초등학생 무렵 돌아가신 할머니는 오롯이 기억하건만, 내가 다섯 살 무렵 돌아가셨다는 할아버지는 가물가물하다. 아니 사실 거의 기억이 나지 않는다. 식구들이 모인 자리에서 할아버지 이야기가 나오면 나는 그저 어른들이 하는 말을 묵묵히 들을 수밖에 없다. 내 기억에 없는 당신을 화제 삼아 말하는 걸 듣기만 해야 하는 것도 퍽 곤혹스러운데 그건 마치 내가 당연히 기억해야 할 추억을 부주의하게 망각해버린 걸 책망하는 듯해서이다. 어쨌거나 나는 할아버지를 오래된 흑백사진 한 장으로만 추억할 수 있다. 내 고향은 단풍으로 유명한 내장산 자락에 있는데 요즘처럼 찬바람 부는 계절이면, 서정주 시인의 표현대로 '초록이 지쳐 단풍 드는' 푸르른 날들이면 하루쯤 날 잡아 단풍놀이를 갔던 모양이다. 단풍그늘 아래 두루마기 차림의 할아버지와 그 옆의 어린 나. 붉게 물든 단풍보다 더욱 검은 빛이었던 할아버지의 얼굴. 그 얼굴을 지그시 보고 있노라면 유전의 흔적을 엿볼 수도 있는데 더 설명할 것도 없이 그건 바로 가난의 흔적이다. 놀이와는 담쌓고 산 사람답게 어색한 얼굴들이 수십 년의 세월을 건너뛰어 층을 두고 나란히 둥둥 떠 있다. 물론 나는 기억할 수 없다. 단풍놀이도 그날 어떤 대화들이 오갔는지도. 필시 나는 찬바람 부는 날 어른들의 손에 이끌려 단풍놀이랍시고 산이나 오르는 게 못마땅했을 테고 그처럼 칭얼대는 나를 달래기 위해 할아버지는 쌈짓돈을 꺼내 막대사탕 하나쯤 내게 쥐어 줬을 거다. 진심으로 궁금하다. 기억할 수 없는 유년 시절의 나날들. 사르트르가 『구토』에서 말했듯 '네 할아버지께, 내년에는 공부를 잘하겠다고 약속하렴, 아가야. 내년에는 그 할아버지가 세상에 없을지도 모른단다'라는 충고에 귀기울이지 않았을, 지나고 나서야 몸서리쳐지게 그리워질 내 유년의 한 컷들.

명절의 쓰임새

고등학생 때부터 나는 엄마, 아빠라는 말을 쓰지 않는다. 동창생이 자신의 부모님을 어머니, 아버지라 일컫는데 수치를 느꼈기 때문이다. 왠지 나보다 한 뼘쯤은 성숙한 녀석으로 여겨졌다. 하지만 요즈음 나는 엄마, 아빠라는 말을 너무 일찍 삼켰던 건 아닌지 후회한다. 병이 들면 타향살이의 설움이 새삼 사무친다. 배탈만 나도 먼저 생각나는 게 어머니의 약손이니 말이다. 지난해 이맘때 장편소설을 탈고한 뒤 입이 돌아가고 말았다. 한의학에서 구안괘사라고 명명한, 얼굴 반쪽이 마비되는 병에 걸렸던 거다. 설날이 코앞이었다. 어머니야 당연히 명절을 쇠기 위해 당신 아들이 고향을 찾을 거라 믿고 있을 터였다. 효심이었다고 해두자. 명절을 거르는 게 아쉽기는 하지만, 이 모양 이 꼴로 찾아가 괜한 걱정을 안겨드리는 것보다야 낫지 않을까 싶었다. 전화를 걸어 일각을 다투는 일들이 밀려 있어 다음에 찾아뵙겠노라고 말씀드렸다. 수화기 저편에서 한숨이 단번에 수백 리를 건너뛰어 내 귓속으로 파고들었다. 감기지 않아 늘 부릅뜨고 있어야 하는 내 오른쪽 눈에선 절로 뜨뜻한 눈물이 흘렀다. 옳은 행동을 했노라 스스로를 위안하며 홀로 명절을 보냈다. 계절이 두 번 바뀐 뒤 고향에 들렀을 때 나는 슬그머니 설날에 귀향하지 못했던 이유를 털어놓았다. 이젠 다 나았으니 걱정 마세요. 그러자 어머니도 지나가는 말인 듯 이렇게 털어놓았다. 잠을 자다 허리께가 따끔해서 깨어 봤더니 지네가 도망가고 있더란다. 어머니는 홀로 전화를 걸어 구급차를 불렀고 제때 응급실에 도착해 적절한 치료를 받을 수 있었다. 나도 모르게 버럭 소리를 지를 뻔했다. 그런 일이 있으면서 왜 말씀 안 하셨어요? 하지만 내뱉을 수는 없었다. 늘 그랬다. 당신이 언제 한 번이라도 내색해본 적이 있던가. 그럴 때 나는 입속에 맴도는 엄마! 라는 낱말을 너무 일찍 갈무리한 게 아닌가 싶어 애석하다. 언제든 한 번은 꼭 실수인 척이라도 해서 엄마, 아빠라고 불러보고 싶다. 명절은 그러라고 있는 날인지도 모른다.

대보름

설이 지나 대보름이 다가올 때까지 밤하늘에 떠오르는 달은 하루가 다르게 몸집이 불어간다. 나날이 실팍해지는 달은 그처럼 충만해지는 새해를 뜻하는 듯해 보는 눈이 즐거운데 이윽고 대보름에 이르면 일 년 가운데 그보다 더 둥글고 커다랗고 환할 수가 없는 달을 보게 된다. 그래서 어린 시절부터 왜 하필이면 대보름에 이르러서야 그해의 더위를 파는지 의문이었다. 대보름 전날부터 작심을 하지만 막상 대보름날이 되었을 때 누군가 내 이름을 부르면 속도 없이 대답을 하는 바람에 남들의 더위를 참 많이도 샀다. 천성이 튼튼해서인지 더위 먹어 고생한 기억은 별로 없는데 그처럼 남들의 더위를 듬뿍 사고도 무탈했던 게 자신감을 키워줬던 모양인지 해가 지날수록 그런 일에 무심해졌고 설령 누군가 내게 더위를 팔아 희희낙락하더라도 속이 상하지가 않았다. 하지만 어린 시절 어느 날 내가 이름을 불렀을 때 아무도 대답을 해주지 않아 내 더위를 손톱만큼도 떠넘기지 못했을 때 최후의 수단이라도 되듯 어머니를 불렀던 일이 문득 떠오른다. 어머니가 대답을 하자 나는 냉큼 내 더위를 어머니에게 팔았고 일 년 시름을 다 떠넘긴 듯 자못 후련하기까지 했는데 그제야 내가 왜 당신을 불렀는지 깨달은 어머니는 썩을 놈, 호랑이가 물어갈 놈, 저것도 자식이라고 어쩌구 하는 지청구만 늘어놓다 허허 웃고 말았다. 그날 밤 둥둥 떠오른 커다란 달을 보며 소원을 비는데 왠지 가슴 한구석이 허허로웠다. 아마도 살가운 피붙이에게 더위를 팔아먹은 내가 바로 천하의 잡놈이 아닐까, 라는 자책 때문이었던 듯한데 그리 머지 않은 훗날 나 역시 누군가 살갑고 정다운 사람이 더위를 떠넘기면 어머니처럼 쓸쓸한 미소를 지을 수밖에 없는 순간이 반드시 올 거라는 예감 때문이었던 듯도 하다.

남의 일

살다보면 정든 이들의 곁을 떠나야 할 때가 온다. 대개는 돌아오기 위해 떠나는 것이며 그처럼 떠난 사람은 두고 온 이들과 재회하게 될 것이라는 믿음을 위안으로 삼아 견디기도 한다. 그러나 떠나는 사람과 떠나보내는 사람의 마음은 좀 다른 듯하다. 떠난 사람은 두고 온 이들을 곱씹게 마련이지만 남겨진 이들은 떠난 이를 이따금 떠올릴 뿐이다. 그래서 떠난 이가 돌아와 정든 이를 다시 만난다 해도 기대했던 만큼의 극적인 재회는 실연되지 않는다. 이런 경험이 하나둘 쌓이면 이별과 재회가 흔한 인간사 가운데 하나라는 걸 깨닫게 된다. 그러나 가끔 입장이 바뀌어 떠나던 사람이 누군가를 떠나보내는 처지가 되면 떠나가는 일과 떠나보내는 일이 매한가지임을 또한 새삼 깨닫게 된다. 나도 여러 번 떠났다. 학업 때문이었거나 군복무 때문이었거나 긴 여행 때문이었거나 이따금 식구와 벗들의 곁을 떠났다가 되돌아오곤 했다. 어느 해 먼길을 떠났다가 돌아와 고향집에 들렀을 때 앞집에 사는 아주머니를 담 너머로 보게 되었다. 그이는 벌써 왔느냐 묻고는 당신의 말이 겸연쩍었는지 '남의 일이라 그런지 쉽다'고 하며 수줍게 웃었다. 뒤늦게 부모님을 통해 내가 부재하던 동안 앞집 아저씨가 돌아가셨고 그 아주머니가 홀로 옛집을 지킨 지 오래되었다는 사실을 알게 되었다. 떠난 사람이 겪는 만큼의 삶을 떠나보내는 사람 또한 감당한다. 그리고 나는 부모님을 보았다. 숱하게 당신들의 곁을 떠났다가 되돌아왔다. 그러나 언젠가 당신들이 내 곁을 떠나는 날이 온다면 그때는 재회를 기약할 수 없는 이별일 테다. '남의 일'이라는 말이 서운함보다 복잡한 감정을 불러일으켰던 것도 그 때문인지 모른다.

가을엔 손편지

이사를 하다보면 이런저런 짐을 처분하게 된다. 간직할 때는 쓸모가 있어 보였는데 막상 별 소용이 없어 먼지만 쌓인 물건을 과감히 버리기도 하고 아직 쓸모는 있으나 이사 갈 집이 더 작아서 혹은 그곳과 어울리지 않아서 버리기도 한다. 그렇게 오랜 세월 이사를 다니면서도 잃거나 버리지 않은 게 무얼까 생각해보니 바로 편지다. 언제부턴가 전자우편과 손전화로 소식을 주고받게 되었고 그러자 시간이 지날수록 초라해지는 목록 가운데 하나가 편지가 되고 말았다. 초등학생 시절부터 대학생 시절까지 받은 편지를 모아둔 상자가 고향집에 있다. 고향집에 갈 때마다 그것을 살피면 마음이 든든해진다. 마음이 괴롭거나 지나온 세월을 송두리째 부정하고 싶어질 때면 편지를 꺼내 읽는다. 거기에는 희미하게 어른거리는 옛사랑뿐만 아니라 묻어둔 슬픔도 있다. 읽으면 읽을수록 편지는 새로워진다. 편지지를 앞에 두고 문장을 고르기 위해 애썼을 발신인의 숨소리를 들을 수 있고 소설이라면 문체라 일컬었을 법한 것들, 가령 둥글거나 각이 지거나 옆으로 기울거나 저마다 다른 필체들에서 발신인이 기꺼이 편지를 쓰기 위해 수고로움을 자청했을 무렵의 감정마저 오롯이 느낄 수 있다. 편지를 받았을 무렵에는 미처 해독하지 못했던 행간을 뒤늦게 깨달아 회한에 잠겨도 좋고 타인의 시선에 의해 드러난 날것 그대로의 나를 지그시 바라보아도 좋다. 편지는 누구에게나 공평하게 부여된 거의 유일한 문학이므로 들추어볼 편지가 없다면 비밀이 없는 사람처럼 외로울 수밖에 없을 것이다. 가을이라면 가슴속 낡은 편지지를 꺼내어 눈물과 그리움을 펜 삼아 사연을 적어볼 일이다. 누군가에게 비밀을 부치기에는 더없이 좋은 계절이니까.

단골을 가졌는가

작년 이맘때 나는 거의 유령에 가까웠다. 온종일 방에 틀어박혀 글을 쓰다 고개를 번쩍 들면 자정 즈음이었다. 그러면 집을 나서 가까운 실내포장마차를 찾았다. 학원을 마치고 귀가하는 학생들을 먼발치로라도 보게 되면 지레 돌아서 갔다. 저거 사람 맞아? 이런 말들을 듣고 싶지 않아서였다. 처음 그곳을 찾아 들어갔을 때 감격하여 하마터면 눈물을 흘릴 뻔했다. 김치 콩나물국과 계란 프라이가 거저 나왔기 때문이다. 요즘 세상에 가당키나 한가. 그 순간 나는 그곳을 단골로 삼아야겠다고 작심했다. 단골이 좋은 점은 안주가 한 주먹 더 늘어서가 아니다. 주인아주머니는 조카를 대하듯 내게 밥을 권하고 대화 상대가 되어주었다. 덕분에 나도 사람꼴을 갖추어 갔다. 특히 그이는 아들 자랑을 할 때면 얼굴에 생기가 돌았다. '내가 그 녀석을 배를 갈라서 낳았다우.' '반가워라! 저도 제왕절개로 나왔거든요.' 어느 날 처음 보는 건장한 청년이 구석자리에 앉아 있었다. '제대해서 돌아왔다우.' '정말 훤칠하네요.' 이런 말들이 그이와 나 사이에 눈빛으로 오갔다. 나는 왠지 그 청년을 껴안아주고 싶었다. '네 어머니가 많이 기다리셨어.' 이렇게 속삭이면서. 며칠 전, 일 년 만에 그곳을 다시 찾았다. 이사 간다는 말을 못하고 떠난 게 내내 마음에 걸렸던 터다. 나를 잊었다 해도 별수 없지만 꼭 한번 들르고 싶었다. 모든 게 그대로였으나 주인이 달랐다. 무르춤해진 내게 낯선 주인이 먼저 말을 걸었다. '여기 단골이었죠? 전에 장사하던 사람이 내 친군데 손님 안 오시냐고 지금도 종종 묻는다우.' 쓸쓸하고도 따스했다. 단골은 일방으로 존재하지 않는다. 내게 단골이면 그이에게도 내가 단골이다. 살아가면서 얼마나 많은 단골들을 떠나보냈던가. 오늘, 나의 단골들이 그립다.

영혼으로 난 길

눈 내린 새벽 아무도 지나간 흔적이 없는 길을 걷는 나그네라면 마땅히 똑바로 걸어야 한다고 했다. 뒷사람을 위해 나그네는 최선을 다해 바르게 걸어야 한다고 했다. 귀에 못이 박히도록 들은 터라 식상한 격언이겠지만, 새벽녘 눈 쌓인 거리를 볼 때마다 늘 이 말이 떠오른다. 순백의 도화지를 앞에 두고 무엇을 그려야 할지 고민하는 사람처럼 흥분과 두려움을 동시에 느낀다. 매해 첫 달을 맞이하는 심정도 이와 비슷하다. 올 한 해 하고 싶은 일의 목록을 작성하느라 하루가 어떻게 지나는지 모르는 경우도 있을 정도다. 그러나 하루하루 시간이 지날수록 이런 흥분과 두려움도 눈 녹듯 스러질 것이다. 그뿐이겠는가. 올해의 마지막 달에 이르면 대체 무얼 작심했는지조차 까맣게

잊고 말리라. 사실이 그렇다. 눈 내린 새벽길을 갈팡질팡 걷는
다 해도 무슨 상관이랴. 해가 뜨고 사람들의 발길이 잦아지면
나그네의 첫 발자국의 흔적도 사라지고 만다. 누구도 나그네의
노력을 기억하지 않으며 그럴 필요도 없다. 하지만 만약 단 한
사람만이 걸어갈 수 있는 길이 있다면, 한번 찍히면 결코 지워
지지 않을 족적이 남는 길이 있다면 어떠할까. 이를테면 우리
영혼으로 난 눈길 같은 것 말이다. 우리의 영혼을 거닐 수 있는
사람은 오직 우리 자신뿐이다. 첫 발자국이 곧 마지막 발자국
인 길. 그 발자국을 뒤따르는 사람도 우리 자신이고 인도하는
사람도 우리 자신인 그런 길. 유일하면서 겉으로 드러나지 않
는 길. 세계와 단절되어 있는 동시에 세계 어디로든 통할 수 있
는 길. 살아 있는 동안은 우리만의 길이겠지만 우리의 생명이
다하는 순간 만인의 것이 되는 길. 가난한 이나 부유한 이나 모
두 공평하게 단 하나만 지닐 수 있는 길. 그 길을 이미 우리는
걷고 있지 않은가. 생의 마지막 순간에 이르러서도 첫걸음을
내딛던 순간 무엇을 결심했는지 잊으려야 잊을 수 없는 그 길
을 이미 우리 모두 걷고 있지 않은가.

등록금

대학생이었던 어느 해 겨울 고향에 내려갔던 나는 아버지에게 이끌려 우시장에 간 적이 있다. 절로 손이 곱을 만큼 추웠던 그 새벽 아버지와 나는 외양간에서 소를 끄집어내 트럭에 실었다. 트럭 짐칸이 얼어붙어 미끄러웠는지 소가 벌러덩 넘어지기도 했다. 정신이 확 들었다. 그렇게 소를 싣고 우시장에 가서 거래를 한 뒤 돌아오는 길은 아득하기만 했다. 아버지가 왜 굳이 나를 새벽에 깨워 우시장까지 데려갔는지 짐작할 수 있었다. 이 소를 판 돈이 바로 내 등록금이라는 걸 아버지는 분명히 일러두고 싶었던 거다. 그러나 다음 학기에도 나는 여전히 소설을 쓴답시고 혹은 집회에 간답시고 강의를 빼먹기 일쑤인 불성실한 학생이었다. 학기말에 이르러 성적표를 받은 뒤에야 비로소 정신이 번쩍 들었다. 잃어버린 소를 영영 되찾을 수 없다는 생각에 억울하기 짝이 없었다. 나는 비장한 각오를 한 뒤 교수와 강사를 찾아가 재수강을 해서 A학점을 받고 싶다는 핑계를 대고, 그들이 최대의 호의를 갖고 매겼을 C 혹은 D학점을 모두 F학점으로 바꿔놓았다. 등록금 반환청구가 가능한 All F, 평점 제로의 학점을 받아냈다. 나는 확정된 성적표를 들고 교학과에 찾아가 등록금을 돌려달라 했다. 수수한 얼굴의 교직원은 웃음을 참는 건지 눈물을 참는 건지 알 수 없는 표정으로 자신이 이곳에 근무한 지 십 년이 다 되어가지만 올 에프학점이니 등록금을 돌려달라고 찾아온 학생은 내가 유일하다고 말했다. 순진한 건지 멍청한 건지 모르겠다는 말을 덧붙였던 것도 같다. 그덕에 나는 졸업할 때까지 그 교학과 직원과 어디에서 마주치든 상냥하게 인사를 나누고 자판기에서 커피까지 뽑아먹는 사이가 되고 말았다. 그이가 사준 커피를 마실 때마다 쥐구멍이라도 찾아 숨고 싶었다.

2부

선량한 물음

저녁 등교

나는 꽤나 삭막한 시간을 좋아하는데 이를테면 대기에 이내가
끼고 대지에 땅거미와 산그리메가 밀려들 무렵이라든지 멀쩡
하던 하늘을 순식간에 메지구름이 뒤덮으며 사위가 잿빛으로
변하는 순간처럼 현실과 비현실이 뒤섞인 듯한 기분이 드는 순
간들을 즐긴다. 이런 이야기를 어느 시인에게 했더니 그 시인
이 저녁에 학교에 가본 적이 있느냐고 되물었다. 무슨 말인지
언뜻 알아들을 수 없어 고개를 갸웃 기울였더니 시인은 어린
시절 깜박 잠들었다가 저녁 무렵 깨어나 책가방을 메고 학교로
달려갔던 경험을 들려주었다. 아마 누구나 한 번쯤은 그런 경
험이 있을 것이다. 혼곤한 낮잠에 빠졌다가 저녁 무렵 깨어나
아침으로 착각하여 황급히 책가방을 챙겨 대문을 나서던 일을.

나도 그랬다. 물론 대문을 나서는 순간 어머니에게 꼭뒤를 잡혀 끌려 들어오기는 했지만. 그러고도 한참이나 정말 이게 아침이 아니라 저녁이라는 사실을 믿을 수 없어 마당을 서성거리기도 했다. 이런 추억이라면 입가에 슬쩍 웃음이 떠오르게는 되지만 삶에서라면 또한 얼마나 애틋한가. 매번 잘 살아야지 다짐을 하면서도 저녁에 가방을 챙겨 학교로 달려가 텅 빈 교실에 앉아 홀로 마음을 졸일 때처럼 뜻하지 않은 허무함이 이따금 밀려드는 우리의 삶이란. 최선을 다했으나 그 일이 헛되고 헛된 일이 되었을 때처럼 낙심하며 쓴웃음을 지을 수밖에 없는 순간들을 살아가는 동안 되풀이해서 겪을 수밖에 없다. 그때 위로가 되어주는 건 황혼에 물든 서쪽 하늘의 장엄한 몰락이다. 그렇게 아름답게 몰락한 뒤 다음날 아침이면 언제 그랬냐는 듯 말끔한 얼굴을 드러내는 이 세계는 마치 삶이 왜 끈질겨야 하는지를 말없이 들려주는 듯하다.

타락의 속도

어린 시절 어머니의 치맛자락을 붙잡고 빨래터에 참 많이도 쫓아다녔다. 마을 앞을 흐르는 개울물은 고향과 이름이 같은 산에서 흘러내린 것이었다. 일급수에서만 산다는 버들치가 흔했고 이따금 목이 마를 때면 그냥 떠서 먹기도 했던 개울이었다. 제대로 된 빨래터는 아니었지만 동네 아주머니들은 그곳에 모여 빨래를 했다. 넓적한 돌 위에 빨랫감을 올려놓고 빨랫방망이로 처덕처덕 두드리는 소리, 찰방찰방 물에 헹구는 소리가 좋았고 누군가를 헐뜯는 흠구덕조차 그곳에서는 사납게 들리지 않았다. 말 한마디에 웃음꽃이 피었고 시시콜콜한 가정사가 여기저기서 풀려나왔다. 그러나 빨래는 또한 얼마나 고된 노동인가. 빨랫감이 가득 담긴 고무함지를 머리에 이고 개울까지

나가서 빨래를 한 뒤 젖어서 훨씬 무거워진 고무함지를 다시 머리에 이고 돌아와야 했다. 팔뚝이 붓고 팔목이 시큰거리고 빨랫방망이 쥔 손에는 물집도 잡힌다. 하지만 어린 시절의 나는 몰랐다. 그저 장터 분위기가 물씬 풍기는 빨래터가 좋았을 뿐이다. 입은 옷이 더러워지거나 양말이 젖으면 어차피 빨래할 건데 무슨 상관이랴 싶어 더욱 함부로 다루었다. 어차피 한번 타락했으니 이미 끝장난 것과 마찬가지라는 심정이 아니었을까. 내가 나를 포기하면 할수록 어머니는 힘겨웠으리라. 더 많은 힘을 들여 빨래를 했을 테니. 맑은 물에는 물고기가 살지 못한다는 금언이 있다. 이 말은 거짓이다. 진실은 이렇다. 물이 탁해지면 물고기가 살지 못한다. 대신 그곳에 괴물이 산다. 괴물이 된 스스로를 위로하기 위해 우리는 종종 저 금언을 이용하는 것이다. 괴물이 되면 되돌아가는 데 더 많은 노력을 기울여야 한다. 괴물이 될 수밖에 없는 게 삶이라면, 최선은 괴물이 되는 속도를 늦추는 것이다. 우리는 타락하지 않아서 인간다워지는 게 아니라, 타락의 속도를 늦출 용기를 지녀서 인간다워지는 존재니까.

선량한 물음

어느 해 겨울이었다. 서울에 폭설이 내렸던 날이다. 그 당시에도 몇십 년 만의 폭설이라면서 화제가 되었다. 눈이 무릎까지 쌓였고 그런 폭설을 난생처음 겪은 사람들의 눈동자에 두려움과 놀라움이 동시에 떠올랐다. 그때 나는 충무로 어느 식당에서 배달을 했다. 군을 제대하고 대학에 복학하여 한 학기가 지난 때였다. 눈 내린 서울은 각별했다. 도시는 눈 속에서 빛을 발했으며 이처럼 견디면서 역사를 만들어왔다고 말하듯 어깨를 으쓱했다. 나도 이 도시를 흉내내어 어깨를 으쓱했다. 눈이 내려도 여전히 삶은 분주하기 그지없었다. 눈 탓이었는지 배달 주문이 여느 날보다 많았다. 주인아저씨와 나는 숨 돌릴 겨를도 없이 쟁반을 이단 삼단으로 겹쳐 쌓아 어깨에 올린 채 뛰다시피 배달했다. 마음은 급한데 쌓인 눈이 발목을 붙들고 놓아주지 않으려 했다. 눈길을 헤집고 다니느라 쉬이 피로해졌고 그 탓에 어느새 두 다리가 후들거렸다. 그러다 기어이 눈길에 미끄러져 쟁반을 와장창 길바닥에 엎어버리고야 말았다. 하얀 눈밭에 흩뿌려진 된장찌개와 김치찌개가 꼭 나의 내면인 듯싶어 수치스럽기까지 했다. 그처럼 얼룩진 삶을 보는 듯해서였다. 우선 내 하루치 급료보다 비싼 음식값이 걱정스러웠다. 거기다 깨진 뚝배기까지 변상하게 된다면 여러 날 허탕을 친 거나 마찬가지인 셈이었다. 이런 내 복잡한 심사를 아는지 모르는지 식당 아주머니와 아저씨는 나를 보자마자 이렇게 물었다. 괜찮니? 그 순간 나는 정말 괜찮았다. 그이들이 바로 그처럼 묻지 않았더라면 나는 무척 아팠으리라. 넘어지면서 바닥에 부딪힌 무릎이며 정강이며 팔꿈치며 손바닥이며, 하나도 아프지 않았다. 상처받은 사람에게는 무엇을 물어야 하는지를 그이들이 가르쳐주었다.

불온한 희망

새해가 시작되면 길이 없는 막막한 대지 위에 홀로 선 듯한 기분이 들곤 한다. 광야나 사막에 가본 적은 없으나 해마다 이맘때면 이곳이 바로 광야이자 사막이 아니고 어디이랴 하는 생각마저 들 정도다. 달력을 넘기며 앞날을 가늠해보다가 새해가 시작된 지 며칠 지나지도 않았건만 일 년치 생활을 이미 감당해버린 듯 막막하고 피로해진다. 어디로 가야 할까. 몰라도 상관은 없다. 사막과 광야는 길이 없는 곳인 동시에 어디나 길인 곳이므로 어느 쪽으로 발걸음을 떼더라도 그곳이 곧 내가 가는 길이 될 것이다. 지평선 너머 무엇이 존재하는지 알 수 없으나 가보지 않고서야 알 도리가 없으므로 가보는 수밖에 없다. 길을 잃을 염려는 없다. 처음부터 길은 없었으니까. 그렇다 해도 홀로 광야와 사막에서 발걸음을 떼는 심정이 어찌 불안하지 않을 수 있을까. 하지만 허공에 길이 없어도 새들이 길을 잃지 않듯 사람도 그러했다. 인류가 지구 위에 처음 출현할 무렵 인간을 위한 길은 어디에도 없었다. 실패와 좌절을 반복하면서 지금 우리가 길이라고 아는 그 무엇이 대지 위에 생겨났다. 그래서 나는 널리 알려진 루쉰의 문장을 다시 인용할 수밖에 없다. '희망이란 땅 위의 길과 같다. 본래 땅 위에는 길이 없었다. 걸어가는 사람이 많아지면 그게 곧 길이 되는 것이다.' 길이 생겨나기 전 자신이 걷는 곳이 길이라는 사실을 확신할 수 없었던 사람들이 지녔던 위태로운 희망이 아니었다면 루쉰은 이런 문장을 쓰지 못했으리라. 길이 없는 곳으로 불온한 희망을 품은 채 걸어갔던 사람들이 비단 그들뿐이랴. 새해를 맞이하는 심정이 모두 그러하지 않던가. 그러므로 올 한 해를 살다가 뭔가 잘못된 듯한 기분이 든다면 그건 길을 잘못 들어서가 아니라 충분히 불온하지 못해서임을 기억할 일이다.

꽃과 사람

몇 해 전 이즈음에 광양 매화마을에 간 적이 있다. 봄을 느끼고 싶은 마음보다 앞서 발걸음은 절로 남도로 향했고 먼발치로 섬진강이 보일 때부터 이미 봄에 흠뻑 젖은 듯한 기분이었다. 그곳에 이르러서야 흔히 매화향기를 일컫는 암향(暗香)이라는 낱말이 거짓임을 알게 되었다. 그윽한 향기라기에는 너무 짙었으나 그렇다고 해서 지나치지도 않았다. 섬진강이 굽어보이는 언덕에 올라 팔베개를 하고 누웠을 때는 그 자리에서 산산이 부서져 먼지가 된다 해도 좋을 듯했다. 그러나 홀로 떠나는 여행이 대개 그렇듯이 천지가 매화빛에 물들어 눈이 부실 지경인 그곳에서 이 아름다운 풍경에 스며들지 못하는 사람은 나 혼자인 것만 같아 쓸쓸하기 이를 데 없었다. 그러나 또한 홀로 떠나는 여행이 대개 그렇듯이 사람들로 붐비는 낯선 여행지에서 나처럼 홀로 서성거리는 이를 알아보며 나도 모르게 슬쩍 웃음을 흘리기도 하는 것이다. 그리고 지난겨울 눈 내리던 어느 날 눈 쌓인 마당 가운데로 난 길을 따라 바지주머니에 두 손을 찌른 채 묵묵히 걷던 유학생인 듯한 흑인 청년을 보았는데 눈 덮인 세상보다 그이가 아름다워 보여 이 세상 무엇보다 사람이 아름답다는 걸 새삼 곱씹을 수밖에 없었다. 그러고 보면 나란 녀석도 사람이긴 사람인가보구나 싶어 흐뭇하기도 했는데 평소에 내가 사람이라는 걸 믿을 수 없었기 때문일 테다. 얼마 안 가 꽃은 지고 말겠지만 분분히 떨어지는 꽃잎들 저 아름다운 것들이 사람 말고 다른 무엇으로 환생할 수 있으랴 싶어서 꼭 저만큼의 숫자로 어디에선가 아름다운 사람들이 태어날 것만 같아서 꽃 지는 일을 서글퍼 할 것만은 아니라고 해도 좋을 듯싶다.

낮달

늦은 오후 아직은 해가 식지 않은 시각 하늘에 낮달이 떴다. 달은 언제나 하늘 어딘가에 있었겠지만 낮에 만나는 달은 경이롭다. 낮달이라니. 시력이 무척 좋다는 대평원 지역의 사람들이나 혹은 태평양 제도의 어느 섬사람이라면 몰라도 나와 같은 이들에게 낮달을 보는 일이란 어느 정도 낯설고 신기한 일임에 틀림없다. 낮달을 볼 때마다 필연적인 연관성을 느끼지 못하면서도 정현종 시인의 시를 떠올리게 된다. '사람들 사이에 섬이 있다./ 그 섬에 가고 싶다.'(「섬」) 아마도 이 시를 아는 분들이라면 섬의 정체를 심사숙고해본 적이 있을 것이다. 그 섬은 바다에 있지 않고 사람들 사이에 있으므로 보통의 섬은 아니다. 그러나 그것은 섬이므로 또한 섬이 아닐 수가 없다. 꼬리에 꼬리를 물고 이어지는 긍정과 부정의 달음박질 끝에 달이 저처럼 하늘에 박힌 게 아니라 달이 있는 저 자리는 하나의 구멍이어서 하늘 뒤편의, 하늘보다 광대한 어떤 공간이 살짝 제 모습을 드러낸 것일지도 모른다는 의문이 생겨난다. 행성의 운행을 정확히 몰라도 달과 별이 어떤 방식으로 존재하는지 몰라도 낮달을 보는 순간 우주의 신비를 엿본 듯한 기분이 들고 바로 거기에서 시를 보게 되는 것이다. 사람들 사이에 무엇이 있는지 몰라도 그것을 섬이라 부를 수 있다면 우리가 난바다에 뜬 섬을 찾아갈 수 있듯 언젠가는 그곳에 닿을 수 있을 것이다. 사방이 어두워지고 해가 이울면 낮달은 창백했던 빛을 잃고 좀더 뚜렷하고 확실한 빛을 얻는다. 강렬한 대낮의 빛에서는 존재가 희미했던 달이 어둠이 찾아들자 비로소 환히 빛난다. 낮달이 신산스러운 삶을 견디는 평범한 사람들의 은유가 될 수밖에 없는 이유를 나는 거기에서 찾는다.

낙엽 밟기

도서관에서 빌려온 책을 들추다가 혹은 벽장이나 책장 구석에서 오래된 책을 꺼내 펼쳤다가 뜻밖의 책갈피를 만나기도 한다. 바싹 마른 네잎 클로버일 때도 있고 아기 손처럼 앙증맞은 단풍잎일 때도 있다. 내 책인데도 불구하고 그런 책갈피를 꽂아둔 기억이 없을 때도 있고 한참을 걸터듬어본 뒤에야 어떤 사연이 담긴 것이었는지를 떠올리게 되는 경우도 있다. 특히 그것이 내 책이 아니라 도서관에서 빌려온 책이라면 나는 기꺼이 즐거운 몽상에 빠지곤 한다. 코팅을 한 경우도 있지만 날것 그대로를 갈피에 묻어둔 경우도 있어 조심스레 손가락 끝으로 잡아 들어올리면 가볍고도 찬란한 추억의 무게를 느낄 수 있다. 어떤 사물이든 추억이 깃든 사물에서는 경건함을 느낄 수 있다. 손길을 타 반들반들해진 오래된 목제 가구의 손잡이거나 옛집의 기둥이거나 누군가의 숨결과 손길이 화인처럼 남은 사물들에서 삶을 통째로 느낀다. 하물며 책이라면 말해 더 무엇 할까. 시집이거나 소설책이거나 혹은 딱딱한 전문서적이거나 상관없이 그런 책갈피를 발견하게 되면 그 순간 책은 추억의 책으로 바뀐다. 그 추억에서는 사람의 향기가 난다. 그이가 의도했거나 의도하지 않았거나 그이는 나뭇잎 한 장을 갈피에 묻어두는 순간 책을 읽던 순간까지 그이를 이루었던 모든 것들을 함께 끼워두는 것이다. 슬퍼서거나 기뻐서거나 책갈피에는 독서하던 사람의 시선과 숨결이 배어 있다. 그래서 이처럼 가을이 깊어가고 노란 은행잎이나 붉은 단풍잎이 바람에 굴러다니는 걸 보게 되면 어디에선가 누군가는 반드시 그런 낙엽 가운데 하나를 집어 올려 겨드랑에 낀 책을 펼치고 거기에 끼워놓을 듯만 해 조심스레 발을 골라 딛게 되는 것이다.

다음 생

까닭 없이 불안에 시달리면 뜬금없이 이런 생각이 들기도 한다. 마치 과음한 다음날 깨어나 숙취에 시달리는 동안 지난밤 무슨 실수를 했는지 알 수 없어 초조한 것처럼 전생에 내가 이런저런 잘못을 저질렀는데도 기억하지 못한 채 이생을 사는 건 아닐까, 라는 생각이 말이다. 그런 생각이 들면 우울하다. 기억하지 못하는 죄 때문에 용서를 빌고 싶어지고 할 수만 있다면 모든 걸 무효로 되돌리고 싶다. 그러나 만약 그런 일이 불가능하다면 다음 생에서 또다른 내가 까닭 없이 불안에 시달리지 않기 위해서는 이생에서 최대한 과오를 적게 저지르는 수밖에 없다는 결론에 다다른다. 연말을 맞이하는 기분이 이와 비슷하다. 새해를 시작하면서 새겼던 다짐들 가운데 많은 것을 잊었다. 이따금 부끄러워하며 떠올리기도 했겠지만 한 달 두 달 지나면서는 아예 무얼 다짐했는지조차 잊게 되었다. 떠나보낸 인연도 있고 새로 맺은 인연도 있다. 드물지만 복 받을 일을 짓기도 했다. 그보다 더 자주 한심하기 짝이 없는 일을 저지르기도 했다. 하지만 지나버린 시간을 되돌릴 수는 없는 노릇이다. 한 달 전 일주일 전은커녕 일 초 전으로도 되돌아갈 수 없는 노릇이다. 전생으로 돌아갈 수 없듯이 과거로 돌아갈 수 없고 그런 의미에서 과거가 바로 전생이다. 마찬가지로 미래가 다음 생이다. 오늘 오후가 그렇고 다음날이 그렇고 다음달이 그렇다. 다음 생에서 불안에 시달리며 살고 싶지 않다면 오래 기다릴 필요가 없다. 바로 지금부터 다음 생이 시작되는 법이니까. 이번 생은 틀렸어. 다음 생에는 잘 살아볼 거야. 이렇게 투덜대던 벗이여 다음 생은 벌써 시작되었다.

디스토피아

이제는 한물간 듯 여겨지는 문구가 하나 있다. '당신이 무엇을 상상하든, 그 이상을 보게 될 것이다.' '상상을 넘어서는 녀석들이 온다.' 이와 같은 광고 문구를 언제 처음 봤는지는 모르겠다. 어쨌거나 이제는 식상하다못해 이런 문구를 전면에 내세우는 영화나 책이 있다면 거들떠보고 싶지도 않을 지경이다. 그 이유가 뭘까 곰곰이 생각해보니, 결론은 이렇다. 무엇을 보든 상상을 넘어서지 않는다는 것. 이건 현실에 대한 하나의 은유일지도 모른다. 예술이 어떤 방식으로든 현실과 관련을 맺는다고 전제한다면 말이다. 예술이 상상을 넘어서지 못하는 것도 현실이 그런 것과 관련이 있으리라.

어느 소설가는 자신의 소설에서 미래를 이렇게 그렸다. 주인

공은 다른 세상이 펼쳐져 있기를 기대하며 수백 년을 냉동되었다가 깨어났다. 주인공이 만난 세상은 지금 여기, 자신이 벗어나고 싶어했던 바로 이 세계였다. 수백 년 동안 세상은 전혀 개선되지 않았다. 주인공이 절망한 것도 당연하리라. 물론 우리가 사는 현실세계를 미래의 디스토피아와 동일시한 게 그 소설가가 처음은 아니다. 중요한 건 이제 우리가 이런 관념을 자연스럽고 당연한 것으로 여기게 되었다는 점이다. 수백 수천 년이 흘러도 더 나은 세상이 오지 않으리라는 이 관념들이 풍기는 절망의 냄새마저 각성이 되어주지 못한다.

어쩌면 우리는 마조히스트인지도 모른다. 우리는 곧잘, 우리를 짓밟고 무시하는 자를 통치자로 뽑지 않던가. 그로 인해 고통을 겪으면서도 되풀이하지 않던가. 우리 시대가 진정으로 비극적인 이유는, 이 시대가 비극이라는 사실을 잘 알고 있음에도 불구하고 이곳에서 벗어날 방법을 찾을 수 없다는 데 있다. 노동자와 그 식구들이 속절없이 죽어가도 용산참사의 재현을 우려하는 목소리가 아무리 간절해도 그들은 끝내 이 세계가 디스토피아임을 증명할 것이다. 우리가 유토피아를 상상해도 그들은 디스토피아를 안겨줄 것이다. 상상을 넘어서는 자들은 늘 우리와 함께 있다. 진부하게도. 끔찍하게도.

밥 먹는 이유

마파람에 게 눈 감추듯 먹는 편이다. 그 탓에 얌전하게는 '소화
는 되냐?'부터 '배 속에 거지 들었냐?'거나 '없어 보인다'는 몰
강스러운 말까지 다양한 지청구를 듣는다. 이런 말을 자주 듣
다보면 신경이 쓰이고 더불어 사는 세상에 별것도 아닌 일로
남들 불편하게 하기가 부담스러워 천천히 먹어보려 애쓴다. 마
음은 우아하게 깨작거리고 싶은데 한두 숟가락까지는 뜸을 들
일 수 있건만 그게 한계인 듯 결국에는 오랜 습관으로 돌아가
고 만다. 그러다 한번은 손수 차린 밥상 앞에 고고하게 앉아 밥
을 먹다가 울컥하고 말았는데 내가 왜 이런 심정인지를 곰곰이
생각할수록 더 울적해지는 것이었다. 내 꼴이 좀스러웠다. 누
가 쫓아오는 것도 아니건만 왜 나는 배 속에 걸신이라도 들린

듯 먹어대는 걸까. 돌아보니 예전에는 이런 소리를 듣지 않았던 듯하다. 밥 먹는 습관이 성인이 되어 생겼을 리는 없으므로 어린 시절에도 이처럼 잽싸게 먹어치웠던 듯한데 그 시절에는 주로 '복스럽게 먹는다'는 말을 들었다. 아마 내가 우아하게 깨작거렸다면 반대로 '복 나가게 처먹는다'는 말을 들었으리라. 물론 당장 끼니 걱정을 해야 할 만큼 찢어지게 가난했던 것도 아니고 후닥닥 밥상을 치운 뒤 일하러 나가야 했던 것도 아니다. 하지만 그 따뜻한 밥 한 그릇 먹기 위해 하루 온종일 노동을 해야 했던 것 역시 부인할 수는 없다. 그러니 미루어 짐작건대 어른들 역시 먹기 위해 사는 게 아니라 살기 위해 먹고 싶었을 것이므로 그처럼 밥을 먹을 때마다 먹기 위해 사는 게 아님을 스스로에게 타이르기 위해 허겁지겁 숟가락질을 했을지도 모른다. 밥에 무심한 듯 보이고 싶었던 것이리라. 그러니 부디 나를 내버려두시길. 다행히 소화불량으로 고생한 적 없으니 근심도 내려두시기를.

완전한 영혼

고향마을에는 날 때부터 장애를 지닌 형이 한 명 있었다. 소아마비 후유증으로 다리를 절었고 한쪽 손이 곱아 습관처럼 그손을 숨기듯 주머니에 넣거나 몸에 붙이고 다녔다. 간질 증세도 있어 이따금 발작을 일으켰다. 발작이 끝난 뒤의 형은 흐트러진 매무새를 정돈한 뒤 절룩절룩 걸어 집으로 돌아갔는데 그럴 때의 뒷모습은 무척이나 고독했다. 어린 시절의 내게 그건 삶을 은유하는 하나의 표상이었다. 어쩌면 모든 삶은 그처럼 격렬하게 차분한 형태일 거라는 생각을 갖게 되었으니 말이다. 농촌마을에서 노동력을 지니지 못한 사람은 사람 대접받기 힘든 게 사실이었다. 거기다 장애까지 지녔다면 두말할 것도 없다. 하지만 형은 남다른 점이 있었다. 형의 손재주는 놀라울 정도였다. 평범한 물건도 그이의 손을 거치면 윤이 났다. 형이 만든 연은 하늘 끝까지 날아올랐으며 팽이는 쉬지 않고 돌았다. 망가진 농기구는 새로 태어났고 아픈 가축들은 생기를 되찾았다. 나는 형이 불편한 손을 받침대 삼아 세심하게 무언가를 만들거나 수리하거나 치유하는 걸 보면서 사람의 재능이란 무언가에 골몰할 수 있음을 뜻하는 게 아닐까 싶었다. 몰두하면 사랑하게 된다. 추측하기로 형은 아마 마을 사람 누구보다 더 사물과 생명을 아니, 이 모든 자연을 가깝게 느꼈을 것이며 사랑했을 것이다. 나는 그보다 완전했던 영혼을 본 일이 없는 것 같다. 불완전한 육체가 영혼의 빈곤을 뜻하지 않는다는 걸 오래전부터 사람들은 알았다. 중세의 어느 아랍인이 했다는 말이 떠오른다. 우리는 팔과 다리를 잃으면 그 사실을 알 수 있다. 하지만 영혼을 잃는다면 그 사실을 알 수가 없다. 영혼을 잃어버렸다는 사실을 인식할 수 있는 영혼이 없기 때문이다. 내 영혼은 무사한가.

저기, 사람이 간다

나는 이 글을 쓸 수가 없다. 이렇게 써놓은 뒤 한참을 우두커니 앉았다가 누군가의 울음에 이끌려 창가로 다가갔다. 한밤중에 들려오는 서럽고 서러운 사내의 울음이란 얼마나 기이한 것인가. 그이도 나와 같은 슬픔에 빠져 있는 것만 같았다. 창밖으로 고개를 내밀고 소리의 진원지를 가늠해보았다. 한참을 귀기울인 뒤에야 나는 울고 있는 사내가 근처 인쇄소에서 일하는 이주노동자라는 걸 알았다. 어느 나라의 언어인지는 알 수 없었다. 내가 알 수 있는 건, 저 사내가 자신의 근원과 마주하는 유일한 순간이 바로 지금이라는 것뿐이었다. 사내는 자신의 모국어로 울었다. 묻고 싶었다. 울음은 왜 그토록 닮았는지를. 왜 그토록 눈물은 전염성이 강한지를……. 사람이니까, 우리 모두 사람이니까. 그렇게 답하는 듯했다.

　사람으로 태어났다고 해서 모두 사람인 것은 아니다. 이미 사람이었다고 해서 늘 사람으로 남으리라 장담할 수 없듯이 또한 아직 사람이 아니라고 해서 사람이 될 수 없는 것도 아니다. 사람이 아니어도 괜찮다. 그대를 사람이 아니라고 손가락질하는 이들은 대부분 이미 사람이기를 포기한 자들이다. 그러니 괜찮다. 존재의 조건을 넘어 사람이 되기 위해 고뇌해본 그대는 저기 사람이 가네, 라는 문장이 얼마나 지독한지를, 사람을 알아보기 위해서는 얼마나 사람다워야 하는지를 알고 있다. 그러니 더더욱 괜찮다. 그대의 그림자는 어둡지 않다. 사람이란 그늘마저 눈부신 존재이므로.

　울고 싶다면 울어야 한다. 우니까 사람이다. 이빨에 짓눌린 입술에 피멍이 들어도 좋다. 아프니까 사람이다. 지금은 괜찮다. 그러나 그대 때가 되면 눈물을 그쳐야 한다. 손등으로 눈물을 훔치고 일어서야 한다. 누군가 그대 곁에서 여전히 울고 있다면 그대의 고운 손을 내밀어 그이의 눈물도 닦아주시라. 그리고 손을 내밀어주시라. 가야 할 곳이 있으니. 다행히 사내는 자신의 모국어로 위로해주는 동료가 곁에 있었다. 나는 창문을 닫았다. 저기, 사람들이 간다.

밥 한 그릇

노제가 있던 날, 경복궁에서 시청을 바라고 걷다 식당에 들러 밥을 먹었다. 슬픔을 못 이겨 식음을 전폐한다는 건 어쩐지 나와는 어울리지 않는다. 안 그래도 충분히 궁상맞은 게 나란 녀석이다. 밤을 꼬박 새우다시피 했고 아침까지 걸렀던 터라 먹지 않고서는 한 발짝도 뗄 수 없을 듯했다. 든든히 속을 채우고 다시 사람들에 합류했다. 시청 부근에 다다랐을 때 운구행렬이 경복궁을 빠져나왔다. 그때부터 노제가 끝날 때까지, 아니 서울역에 도착할 때까지 나는 오로지 앞사람의 뒤통수밖에 보지 못했다. 울고 싶은데, 붙잡고 싶은데, 이런 생각들이 머릿속에서 맴돌기만 할 뿐 손가락 하나 까딱하는 것조차 힘겨웠다. 이토록 많은 이들이 한 사람의 영면을 위해 한데 모여 오월의 뙤

약볕을 고스란히 견뎌내는데 벌써 지치다니, 어쩌자고 나는 이토록 허약하단 말인가. 주저앉고 싶을 만큼 힘들었지만 사람들 틈에 꽉 끼어 그럴 수도 없었다. 남들은 눈물로 젖었는데 부끄럽게도 나는 땀에 젖었다. 운구행렬이 시청 앞 광장을 빠져나가자 사람들도 서울역 쪽으로 움직였다. 서울역 앞에서 사람들이 뿔뿔이 흩어질 즈음 다시 허기가 찾아왔다. 기운이 빠져 무릎이 푹푹 꺾였다. 밥 생각이 났다. 언제부터였을까. 밥 한 그릇이 못내 사무쳤던 게. 먼길 떠나는 이에게 더운밥 한 그릇 먹이며 수다한 이별의 말을 갈음하기 시작했던 게. 어린 시절 어머니가 아랫목 이불 품에 앙궈둔 밥 한 그릇, 고된 하루를 마치고 돌아온 이의 피톨이 되어 흐를 부드러운 밥알들을 품었던 아랫목들. 여태도 이불을 걷으면 고이 모셔진 밥 한 그릇 있을 듯한데, 이제 더는 정성 들여 지은 밥 한 그릇 받아볼 수 없는 먼길을 훠이훠이 나서버린 그이 아니던가. 하지만 서울은 더는 허기를 느끼지 않아도 될 것이다. 서울의 내장인 저 도로와 서울의 위장인 시청 앞 광장은 텅 빌 새가 없을 테니 날마다 든든할 거다. 배고픈 사람들은 그렇게 허기를 달래는 법이라고 일깨워주기도 하면서.

빗장 풀던 날

어린 시절 세뱃돈을 받는 족족 어머니에게 빼앗겼지만 얼마쯤
은 딴 주머니를 찰 수도 있었다. 딴 주머니를 차려는 못된 아들
과 한 푼이라도 허투루 쓰는 걸 용납하지 않으려는 빈틈없는
어머니 사이에 벌어지는 이 치열한 신경전은 아마도 대를 거듭
해 이어질 것이다. 그러나 이미 오래전 나는 세뱃돈을 받기는
커녕 외려 줘야 하는 나이가 되었고 이런 나이에 이르러서야
옛 시절 어른들의 속내를 조금쯤은 헤아려볼 수 있게 된 듯하
다. 설날 아침이면 어른들의 닦달 때문에라도 부산을 떨지 않
을 수 없었다. 그렇게 게으름피우다 언제 가가호호 방문해 세
배를 하겠느냐는 타박이었는데 내 딴에는 어린 아들을 가가호
호 방문시켜 받은 세뱃돈을 강탈할 요량으로 몰아붙이는 게 아

닌가 싶어 썩 내키지 않던 거였다. 공부 열심히 하라는 덕담들도 지겨웠다. 그러다 결국 어머니의 성화에 못 이겨 일 년 내내한 번도 발을 들여놓지 않던, 딱히 사이가 버성긴 집안이어서가 아니라 그러기에는 조심스럽고 어렵기까지 했던 집들마저도 방문해야 했는데 설날이라는 평계 덕분에 그런 집들에도 스스럼없이 들어설 수 있었다. 동네 어른들은 설날에 찾아온 동네 꼬마를 두 손으로 잡으며 방안으로 끌어들였고 넙죽 세배를하면 식혜나 과일을 내놓았으며 예의 그 덕담을 늘어놓았다. 그리고 삼백 원 혹은 오백 원을 세뱃돈으로 쥐여 준 뒤 내쫓았다. 푼돈이야 금방 허물어졌겠지만 돌아보니 설날 아침이 아니라면 어느 날 감히 남의 집에 그처럼 불쑥 들어설 수 있었을까. 대문을 활짝 열어놓고 잔돈을 챙겨둔 뒤 동네 꼬마들이 찾아오길 기다렸을 그이들처럼 하루만이라도 마음의 빗장을 풀어놓고 살 수 있는 여유마저도 사라져버린 오늘이라서 더욱 그런생각이 드는 것인지도 모른다.

사진을 읽다

내가 기억하지 못하는 어린 시절이 담긴 사진첩을 볼 때마다 기묘한 기분에 사로잡힌다. 사진 속 아이가 분명 나일 텐데도 전혀 동일시가 되지 않는 것이다. 저 녀석은 누구지? 그럴 때면 시간이란 순간의 지속이라는 견해보다 서로 무관한 매 순간들의 집합일 뿐이라는 견해에 마음이 기운다. 사진첩에는 젊은 미군이 어린 나를 안은 사진이 한 장 있다. 부모님은 사진을 찍었던 정황에 대해서는 엇갈린 증언을 하지만 사진의 가치를 판단하는 데에서는 일치한다. 요컨대 나는 어린 시절부터 미군과 접촉을 했을 만큼 열린 세계에서 자랐던 거다. 소박한 민간신앙을 따르던 부모님은 그런데도 왜 영어를 못하니? 라고 타박까지 했다. 미군과 사진까지 찍게 해줬는데 말이다. 사진 속 미군은 퍽 젊다. 지금의 나보다 훨씬 젊은 그는 군복을 입은 늠름한 청년이다. 그리고 활짝 웃고 있다. 경기에 들린 듯 울어대는 어린 나를 두 팔로 안고 말이다. 그 사진에 대한 나의 해석은 살아오는 동안 변했다. 처음에는 그저 우스웠다가 다음에는 이 젊은 미군이 나를 원숭이 취급한 듯해 기분이 좋지 않았다. 사내의 억센 손에서 벗어나려 발버둥치는 어린 나를 가리키며 저는 원래 날 때부터 반미주의자였나봐요, 라고 말했다가 어김없이 지청구를 먹었다. 그리고 지금은 거기서 삭제된 삶을 본다. 젊은 나이에 군에 입대한 아메리카의 한 사내. 그에게는 두려운 땅이었을 극동에서의 군복무. 그 땅에서 만난 시커멓고 조그만한 아이. 설령 그가 나를 조롱했다 해도 상관없다. 어쩐지 그도 나처럼 외로웠을 것 같으므로. 이처럼 낡은 흑백사진 한 장으로 인화된 젊음 역시 그 자신의 것이 아니었으므로. 단 한 번도 제대로 이해받지 못한 채 살아야 하는 게 인간이므로.

소판돈

소설의 인물이 여러 작품에 같은 이름으로 등장하는 경우가 있는데 이런 기법을 구사하는 젊은 한국소설가로 이기호와 김종광을 꼽을 수 있다. 그들이 만들어낸 대표적인 소설의 인물이 바로 '시봉'과 '소판돈'이다. '시봉'은 뉘앙스로 이름에 담긴 의미를 짐작해야 하지만 '소판돈'의 경우는 직설적이다못해 처연하게 느껴질 정도다. '소판돈'은 이름처럼 행실이 방정하지 못하고 어딘지 모르게 어수룩하며 손대는 일마다 어그러진다. 이 이름이 기대는 원관념은 현대사에 깃든 어떤 정서와 맞닿는데 '소를 판 돈'은 쉽게 만져볼 수 없는 목돈을 가리키면서 기회와 좌절을 동시에 의미하기도 한다. 필연적으로 좌절로 귀착될 기회라는 관념은 얼마나 서글픈가. 이 서글픔은 한순간에 형성되지 않았다. 오랜 세월이 흐르는 동안 차곡차곡 퇴적되어 단단해진 관념이다. 그러니까 소가 굶어죽는 일이 생긴 것도 처음은 아니다. 어린 시절에도 나는 이른바 소파동을 목격했고 농민들이 소를 몰고 시위하는 광경도 텔레비전을 통해 보았으며 절망한 주인의 손에서 버림받아 속절없이 죽어가야 하는 숱한 소들의 사연도 들었다. 그러므로 이 서글픔은 연원이 깊다. 일방적으로 희생을 강요당해온 농민들의 현실이 어제오늘의 일이 아니며 애꿎은 소가 죽은 것보다 더 많은 농민들이 농약을 먹고 낫으로 혈관을 자르고 바위에 머리를 부딪쳐 자신들의 소가 지켜보는 앞에서 죽어갔던 것이다. 굶어죽은 소들을 보면서 이미 죽어버린 농민을 보지 못한다면 '소판돈'이라는 이름에 깃든 서글픔의 정체를 온전히 보지 못한 것이다. 소를 식구처럼 여겨 생구라 불렀던 이들의 쓸쓸함을 소 역시 안다는 사실도 믿지 못할 것이다.

지상의 방 한 칸

한동안 얹혀살던 곳을 떠나야 해서 방을 구하는 중이었다. 유명한 인터넷 직거래 카페를 들락거리며 이런저런 방들을 수소문했다. 방을 구하기 위해 발품을 팔아본 분들이라면 다들 느끼는 것이겠지만, 방이 마음에 들면 월세가 턱없이 높고 월세가 적당하면 방이 볼품없기 마련이다. 그렇게 시간만 보내는 듯했는데 문득 가슴 한구석이 허해졌다. 어느 인터넷 신문에서 '집 가진 죄인' 운운하는 기사를 보았기 때문이다. 그 기사는 새로운 수사를 사용했는데 이를테면 '집 없는 설움도 옛말', '집 없는 행복을 실감하는 세상' 등등이 그러하다.

그 카페가 유명해진 이유는 직거래라 중개수수료를 아낄 수 있고 바쁜 사람들을 위해 세입자들이 직접 방 내부 사진을 올려놓기 때문이다. 그래서 나는 본의 아니게 타인의 삶의 일부를 엿보게 되었다. 내가 엿본 타인의 삶은 대개 고즈넉하지도 평안하지도 않았다.(물론 나는 월세와 전세 가격이 눈에 띄게 높은 게시물은 클릭하지 않았다) 보는 것만으로도 스산해지는 경우가 대부분이었다. 그러니까 지금 이 시대의 젊은이들이(게시자들은 대부분 대학생이거나 젊은 직장인이었다) 여전히 그런 방에서 사는 거다. 나도 그렇다. 각 잡힌 방에서 한 번 자보는 게 소원이었고(벽과 바닥이 울퉁불퉁하거나 사다리꼴인 방들을 전전했던 탓이다) 반지하나 옥탑이 아닌 방에서 살아보는 게 소원이었다. 물론 타관살이 십오륙 년인지라 소원이던 방과 비슷한 곳들을 몇 번 거쳐 오기는 했다. 얼마 되지도 않는 보증금 환불을 미루는 주인 때문에 서른이 넘은 사내가 울기도 했다. 누군가 내가 살던 방을 보러왔을 때도 나와 비슷한 심정이었을지 모른다. 오늘 하루도 수천 수만의 스산한 방들이 단지 세입자만 바뀌었을 뿐이다. 비슷한 삶이 거래되고 교환되며 방들은 젊음을 집어삼킨다. 집 없는 행복을 실감하는 세상이 궁금하다.

아르바이트

동네의 어두운 골목에 따스한 불빛을 흘려보내주는 편의점 덕
분에 외출했다가 새벽에 귀가할 때면 멀리서 그 불빛만 봐도
집에 다 온 듯 안심이 되곤 했다. 새벽까지 글을 쓰다 배가 고
프거나 목이 마르거나 혹은 담배가 떨어지면 집 앞 가까운 곳
에 편의점이 있다는 사실이 퍽 위로가 된다. 그러나 새벽 서너
시 무렵 누군들 졸음이 쏟아지지 않을까. 내가 갈 때마다 편의
점 아르바이트생은 어김없이 잠들어 있었다. 곤히 자는 누군가
를 깨우는 일은 무척 곤혹스럽다. 이처럼 곤히 자는 누군가를
깨워야 할 만큼 대단한 일로 찾아온 게 아닌 것 같아 무안하기
까지 하다. 잠든 사람은 예외 없이 앳될 만큼 젊다. 멀지 않은
곳에 대학이 있어서인지 낮에도 밤에도 편의점을 지키는 사람

은 대학생처럼 보이는 젊은이들뿐이다. 반만 뜬 눈으로 바코드를 찍고 내가 구입한 물품을 영수증과 함께 봉지에 넣어준 뒤 내가 문을 열고 나가기도 전에 다시 풀썩 카운터 위로 그 젊은이는 쓰러진다. 번화가가 아니어서 다행이다. 주택가 골목의 편의점이라 뜨내기손님이 적을 테니 잠깐이나마 방해받지 않고 눈을 붙일 수 있겠지. 이런 생각을 하며 돌아오노라면 아르바이트라는 낱말이 입속에서 까슬까슬하게 맴돈다. 부업이라는 뜻으로 쓰는 아르바이트는 본래 독일어로 직업, 노동을 뜻한다. 아우슈비츠 수용소 정문에도 'Arbeit Macht Frei'(노동이 자유케 하리라)라고 쓰여 있었다. 날이 밝아 야간 근무를 마치고 돌아간다 해도 그 아르바이트생을 기다리는 건 그날 밤 다시 시작되는 야간 근무일 것이다. 내가 그 나이였을 때 등록금 투쟁을 하다 길거리에서 한 대학생이 죽었다. 아르바이트를 수용소에 가둔 채 편히 잠든 자들의 파렴치한 밤에 죽지 않고 살아남은 내가 잠들지 못하는 이유다.

아름다운 막말

말은 한번 쏟으면 주워담기가 어렵다. 물론 말만 그런 게 아니다. 한번 이루어진 것들은 되돌리기가 무척 어렵다. 그것을 이루기 위해 기울였던 노력보다 몇 배나 더 큰 노력을 기울여야 할 때가 많다. 그래서 무언가를 행하기 전에는 심사숙고해야 한다. 나는 늘 궁금했다. 우리가 내뱉은 말은 어디로 가는지. 허공에 풀려나간 말은 허공에서 소멸되는지 아니면 어딘가에서 영원히 살아남는지. 진실이 무엇인지 알 수 없으나 가끔은 말이 소멸되지 않고 거처할 곳을 찾는 것도 같다. 그곳은 주로 사람의 가슴이다. 특히 막말들은 그런 방식으로 오랫동안 살아남는다. 말로 받은 상처는 끈질기게 마련이니까. 하지만 막말이라고 해서 다 그렇지는 않다. 시인 정양은 「토막말」이라는 시에서 우리에게 아름다운 막말을 들려준다. "가을 바닷가에/ 누가 써놓고 간 말/ 썰물 진 모래밭에 한 줄로 쓴 말/ 글자가 모두 대문짝만씩 해서/ 하늘에서 읽기가 더 수월할 것 같다// 정순아보고자퍼서죽껏다씨펄.// 씨펄 근처에 도장 찍힌 발자국이 어지럽다/ 하늘더러 읽어달라고 이렇게 크게 썼는가/ 무슨 막말이 이렇게 대책도 없이 아름다운가" '정순아보고자퍼서죽껏다씨펄'이라는 막말이 대책도 없이 아름답게 여겨지는 건 혼신의 힘을 다해 토해낸 막말이기 때문이다. 그처럼 말하지 않고서는 진심을 담아낼 다른 방법을 찾을 수 없기 때문이다. 그러므로 때로 막말이란 우리가 언젠가 한번쯤은 내뱉고 싶으나 아껴서 간직해둔 최후의 언어 같은 것이기도 하다. 최후의 언어가 그토록 쉽사리 풀려나온다면 누가 그 말에 담긴 진심을 알아줄 것인가. 그토록 쉽게 내뱉은 막말을 누가 들어줄 것인가. 음향이 사라진 곳에 감정이 남는다. 밀물은 모래밭의 글자를 지워버리겠지만 그 자리에는 사랑이 남는다.

언어 살해자들

언어학자들은 영어를 '언어 살해자'라고 부른다. 그들에 따르면 전 세계 언어의 숫자는 5천 종에서 6천7백 종에 이른다. 하지만 해마다 적게는 수십 종에서 많게는 수백 종씩 사라지고 있으며, 그 빈자리를 대체하는 최대의 언어가 바로 영어다. 인류 문명이 다양성을 상실하기 시작한 게 어제오늘의 일이 아니건만 이런 보고서를 접할 때마다 씁쓸함을 감출 수 없다. 그러나 언어 살해는 서로 다른 언어들 사이에서만 생기는 일이 아니다. 한 언어 내부에서도 언어 살해가 일어난다.

많은 이들의 노력에도 불구하고 아름답고 고운 우리말은 이제 사전에서나 찾아볼 수 있다. 어차피 언어란 서로 갈등하고 투쟁하면서 변화 생성하는 것이므로 무작정 옛말에 집착할 필요는 없다. 과거에는 전혀 알려지지 않았던 사물이나 감정을 표현하기 위해 새로운 말을 찾아내고 만들어내는 건 아직 우리의 상상력과 창조력이 녹슬지 않았음을 방증하는 것이기도 하다. 우리말 가운데 고유어가 소멸해가는 현상이나 심각한 반성 없이 자발적으로 새로운 언어를 받아들이는 현상도 언어 살해의 한 유형이겠지만, 정작 심각한 우리말 내부의 언어 살해는 그런 곳에 있지 않다.

유언 혹은 유서는 한 사람이 스스로의 삶을 통틀어 만들어낸 언어다. 그 삶이 짧든 길든 온 생이 깃들어 있는 언어의 무게를 가늠할 수 있는 저울은 없다. 저울의 눈금이 영혼의 무게를 가리킬 수는 없는 노릇이니 말이다. 그러므로 유언 혹은 유서는 우리의 영혼에 스며드는 언어이며, 그럴 때 영원히 죽지 않고 살아남는다. 더이상 뜻이 통하지 않는 말, 그것이야말로 언어의 죽음이며, 그 언어의 진심을 받아들이지 않는 것이야말로 진정한 언어 살해이다. 단말마와 같은 저 짧은 유언과 유서마저 내치는 자들이야말로 진정한 언어 살해자들이다.

봄이 오는 소리

입춘을 지나 경칩을 며칠 앞둔 이즈음이면 여전히 찬바람이 불고 시린 기운이 사방에 가득하더라도 마음만은 벌써 봄에 가 있다. 봄이 오기를 간절히 바랐기 때문이거나 절기를 가늠하던 오랜 습관 때문이거나 찬바람에 실린 미약하지만 한결 부드러운 기운도 느낄 수 있고 전보다 짙은 채도로 하늘이 물드는 것도 볼 수 있다. 어느 해 겨울인들 매섭지 않았으랴만 유독 올겨울을 스산했던 계절로 기억하게 된다면 아마도 그 이유는 한미 FTA 날치기 통과로 시작된 겨울이기 때문일 것이다. 지난겨울은 길고도 지루했다. 그러나 길고 지루한 겨울도 끝은 있게 마련이다. 돌아보면 대견하기 그지없다. 천박한 자들이 지배하는 시대를 몇 해씩이나 잘 견뎌오지 않았던가. 그러니 사방이 어둠에 잠긴다 해도 눈을 감지만 않으면 된다. 참고 견디면 어둠에 눈이 익고 칠흑 같은 어둠 속에서도 길을 찾을 수 있게 된다. 눈을 감으면 혼자이지만 눈을 뜨면 혼자가 아니다. 혹한을 견디지 못하고 죽은 개구리들 옆에 살아남아 꿈틀대는 몇 마리의 개구리를 보며 '아, 전멸은 면했나보다!'(조와弔蛙)라고 탄식했던 김교신 선생처럼 절망 속에서 한줄기 희망을 길어 올리려면 눈을 감아서는 안 된다. 올겨울이 그토록 길고 지루했던 이유는 다가오는 봄이 예사롭지 않음을 일러주기 위함이었고 이 봄이 예사롭지 않은 이유는 전멸을 면한 사람들이 서로를 알아보는 계절이기 때문이다. 뜬눈으로 겨울을 지새운 이유는 봄이 그리워서가 아니라 사람이 그리워서다. 그러므로 봄은 봄으로 오는 것이 아니라 사람으로 오는 것이다. 비유하자면 봄이 오는 소리는 사람의 발소리를 닮았다.

어떤 경외감

볕 좋은 날 오후면 동무들과 어울려 마을 앞 개울로 가던 시절이 있었다. 저마다 족대나 '얼맹이'를 하나씩 쥐고 만선을 바라며 출항하는 뱃사람처럼 들떴는데, 아닌게 아니라 집으로 돌아올 때면 붕어며 버들치며 송사리며 맑은 시냇물에서 자란 '물것'들을 깡통 가득 담을 수 있었다.

비가 내리면 비가 내린 대로 좋았다. 흙탕물이 용틀임을 하면서 흘러가는 개울에 들어갈 수는 없었고 대신 우리는 논으로 들어갔다. 물길을 거슬러올라온 물고기들이 논바닥에 지천이었다. 그럴 때면 족대나 '얼맹이' 없이 맨손으로 메기와 붕어를 잡았고 고무신으로 미꾸리와 버들치를 잡았다. 때로는 그처럼 물길을 타고 올라온 녀석들을 집 앞에서도 잡을 수 있었다. 담

아래 좁은 '수챗길'을 타고 오르는 물고기들을 텃밭에서 상추 솎아내듯 건져내면 그만이었다. 그처럼 마을을 관통하는 좁은 하수도를 따라 굽이굽이 거슬러오르는 물고기들을 보고 있노라면 자연과 세계를 범접할 수 없는 거대한 추상체로서가 아니라 내 품속에 뛰어든 앙증맞은 새끼 피라미 한 마리처럼 구체적으로 실감할 수 있었다.

개울에 나가 고운 모랫바닥을 '얼맹이'로 까뒤집어 귤빛 배를 드러낸 자라를 잡은 어느 날이었다. 우리가 노는 모양을 지켜보던 백발이 성성한 노인이 손사래를 쳤다. 노인은 자라를 풀어주라 일렀고 신이 났던 우리는 마뜩잖아 하면서도 놓아주었다.

자라는 네 발로 힘차게 모랫바닥을 뚫고 들어가 시야에서 사라져버렸다. 그리고 다시는 돌아오지 않았다. 지금까지도. 세월이 흐른 뒤 나는 이런 것들을 새롭게 떠올리게 되었다. 자라를 놓아주라 말할 때 노인의 음성은 어떻게 떨렸는지, 어떻게 다스웠는지. 자라를 놓아주던 손들은 또한 어떤 경외감에 젖었는지. 자연과 세계를 이웃에 둘 수 있다는 게 얼마나 황홀한 일이었는지.

장마

며칠째 비였다. 습하고 끈적끈적한 날들이었다. 하지만 장마라
는 낱말은 얼마나 아름다운가. 우기라는 낱말이 주는 이국적인
인상도 퍽 좋지만 오랜 세월 우리 곁에 머무른 시절들은 우기
가 아니라 장마였다. 그래서 이 낱말은 마치 내 혀 아래 거주한
듯한 기분까지 든다. 더욱이 어떤 문학적 승화의 과정까지 거
쳤다면 말해 무엇하랴. 나는 장마가 찾아오면 버릇처럼 윤흥길
의 소설 『장마』를 떠올린다. 소설에는 두 명의 어머니가 등장한
다. 빨치산을 아들로 둔 어머니와 국방군을 아들로 둔 어머니.
그리고 이 두 명의 어머니는 사돈 사이다. 그들은 여태 증오를
몰랐으나 한국전쟁이라는 기이하고 낯선 상황 속에서 그것과
조우한다. 그들은 서로를 차갑게 얽어맸던 증오라는 사슬을 전

통적이고 신비로운 방식으로 벗겨낸다. 그들은 전쟁이라는 괴물과 싸우면서도 용케 괴물이 되지 않은 본보기다. 하지만 장마가 해마다 되풀이되듯 새로운 증오가 해마다 우리를 찾아온다. 과거의 증오를 닮은 것도 있고 전혀 새로운 형태의 증오도 있다. 그 가운데 블랙리스트는 낯익고 오래된 증오다. 나와 다른 사람은 제거해야 할 대상일 뿐이라는 강박관념이 만들어낸 목록들이다. 사람 사이의 관계는 상대적인 면이 있어서 우리는 각자 한 걸음씩 물러났을 뿐이지만 실제 멀어진 거리는 두 걸음이기 마련이다. 또한 사람은 누구나 다 가까이에서 보지 않으면 어느 정도는 괴물처럼 보이기 마련이다. 아주 멀리 떨어져 서로를 바라보면 더는 그이가 사람인지 괴물인지 판단조차 할 수 없게 된다. 블랙리스트에 누군가의 이름을 적는 순간 그 뒷면에는 자신의 이름이 새겨진다. 장맛비 그치고 구름 갠 하늘은 눈부시도록 맑다. 그 하늘을 부끄럽지 않게 올려다볼 수 있으려면 우선은 장마를 견뎌야 한다. 두 어머니가 아무런 희생없이 화해를 했던 게 아닌 것처럼.

여행

열서너 살 무렵 나는 내 인생에서 처음으로 친구와 여행을 가기로 마음먹었다. 사내 녀석 둘이 떠나는 여행이 무슨 재미가 있으랴만 그 시절에는 어디론가 떠난다는 사실만으로도 충분히 즐거웠다. 하지만 중요한 건 부모님의 허락이었다. 당신들로서는 선뜻 허락하기가 쉽지 않았으리라. 당신들 눈에는 여전히 아이 같았을 내가 친구와 단둘이 여행을 떠난다는 게 위험천만한 일로 비쳤을 테니 말이다. 여행은 막상 떠났을 때보다 계획하고 준비할 때의 설렘이 더 큰 듯하다. 여행지에서 만나게 될 낯선 사람들과 풍경들을 머릿속으로 그려보는 건 인생전체를 그려보는 것과 크게 다르지 않았다. 삶이란 그처럼 낯선 사람과 풍경 속으로 자신의 길을 내는 것이 아니던가. 훗날 나는 사람이라면 누구나 겪게 될 이러한 마음속의 흥분과 동요의 의미를 표현한 것이라 여겨지는 문장을 루카치의 글에서 만날 수 있었다. "별이 빛나는 창공을 보고, 갈 수가 있고 또 가야만 하는 길의 지도를 읽을 수 있던 시대는 얼마나 행복했던가? 그리고 별빛이 그 길을 훤히 밝혀주던 시대는 얼마나 행복했던가? 이런 시대에는 모든 것이 새로우면서도 친숙하며, 또 모험으로 가득차 있으면서도 결국은 자신의 소유로 되는 것이다. 그리고 세계는 무한히 광대하지만 마치 자기 집에 있는 것처럼 아늑한데, 왜냐하면 영혼 속에서 타오르는 불꽃은 별들이 발하는 빛과 본질적으로 동일하기 때문이다." 세계와 자아가 서로를 결코 낯설어하지 않던 시대에 대한 향수가 서린 문장이다. 하지만 그런 시대란 우리가 영영 되찾을 수 없는 지나간 과거가 아니라 우리의 내면에서 언제든 재현될 수 있는 그 무엇이다. 열서너 살 무렵 이후 나는 여전히 여행중이다. 누군가는 나보다 일렀을 테고 누군가는 좀 늦었을지도 모른다. 하지만 지금 우리는 모두 자신의 삶을 항해하는 중이다. 아늑하지 않아도 좋다. 우리의 가슴속에는 모두 저마다의 별이 있으니.

이사하던 날

이사 가던 날이었다. 일 년 살았던 방인지라 정이 들었다고도
그렇지 않다고도 말하기 모호했는데 고운 정이든 미운 정이든
정은 정이라 마지막날 밤 조금 뒤척였다. 그동안 서울살이를
하며 이사한 횟수를 꼽아보면 스무 차례가 넘는데 일 년에 거
의 한두 번씩은 이사를 했던 셈이다. 그렇게 잦은 이사로 남은
건 짐 싸는 기술뿐이다. 이제는 이사의 달인이라 불러줘도 좋
을 듯하다. 짐이 거의 빠져나갔을 무렵 주인이 방을 찾아왔다.
주인은 방이 왜 이렇게 지저분하냐, 아무리 총각이라 해도 그
렇지 이게 뭐냐, 돈을 들여 청소하는 사람을 써야겠다 등등 힐
난하는 말을 늘어놓았다. 내가 봐도 지저분한 건 사실인지라
뭐라 달리 대꾸할 말이 없었다. 이사 가는 마당에 앞으로 깨끗

이 쓰겠노라고 할 수도 없으니 말이다. 아무튼 주인은 소득 없는 불평을 늘어놓다가 가버렸다. 나는 적이 걱정스러웠다. 이 걸 핑계로 보증금 반환을 미루거나 청소비 명목으로 돈을 요구하면 어쩌나 싶어서였다. 그러자 새삼 일 년 동안 살면서 서운하고 아쉬웠던 기억들이 새록새록 솟아났다. 더불어 목돈이 없어 전세를 얻지 못하고 월세방만 전전하며 다닌 지금까지의 세월들이 한꺼번에 떠올랐고 그런 식으로 생각은 점점 자라나 기어이 인생을 한탄하는 지경까지 이르게 되었다. 이런 생각들에는 끝이 없는데 예를 들자면 이사하면서 인생을 한탄하는 신세가 한심해서 다시 한탄하게 되기 때문이다. 주인과 함께 복덕방으로 향하는 길은 어색하기 그지없었다. 무슨 말이든 해야 할 것 같아 불쑥 이렇게 말했다. 잘 살고 갑니다. 그러자 냉랭하던 주인이 환한 표정을 지었다. 우리집에서 살다 간 사람은 다들 그렇게 말하고 갑디다. 그 덕분이었을까. 나 역시 더는 인생을 한탄하지 않았고 주인과 밝게 인사를 나누며 일 년 살았던 방을 떠났다.

정말 괜찮니?

십여 년 전 꼭 한 번 스키장에 가본 적이 있다. 내 주제에 스키장이 가당키야 하랴만, 그곳에서 아르바이트를 하는 후배 덕을 보았다. 장비 대여에서 리프트 사용, 슬로프 사용이 모두 공짜였다. 그러니까 좀 얌체 짓을 한 거다. 공짜 좋아한 탓일까. 사실 나는 그곳에서 충격을 받았다. 흉흉한 소식이 그칠 새 없는 아이엠에프 시절이었다. 위안이 필요했던 거라고 생각했다. 그토록 많은 이들로 북적댔던 건. 어쨌거나 휴게실 벽에 커다랗게 내걸린 글귀가 내 눈길을 사로잡았다. I'M Fine. 난 괜찮아요. 그곳에서 아이엠에프는 아임파인의 약자에 불과했다. 세월이 흐른 뒤 알았다. 아이엠에프가 누군가에게는 기회였다는 걸. 정말 괜찮은 사람들도 있었다는 걸. 수많은 중소기업이 무너지고 파산한 이들이 철로변이나 도로변에 자신의 목숨을 헌신짝처럼 내팽개치던 그 시절에도 누군가는 행복을 구가했다. 한동안 우리는 그런 이들을 부러워하기까지 했다. 재테크의 달인 등등 온갖 수사를 구사하여 칭송하며 그들을 닮으려고도 했다. 그 사이 졸부들의 나라라는 별명을 갖게 되리라고는 미처 생각하지 못했다. 삶이 잔인한 이유는 화려한 수사(修辭) 때문이다. 아이엠에프에서 아임파인을 연상할 수 있는 것도, 우리 몸을 갉아먹는 바이러스에 행복이라는 이름을 붙일 수 있는 것도 모두 수사가 허용되기 때문이다. 이 화려한 수사와 현실 사이의 아득한 거리 앞에서 이따금 혼동을 느낀다 해도 상관없다. 수사는 늘 현실을 압도하는 법이니까.

화려한 수사에서도 위로를 찾지 못한다면 우리는 이런 질문을 떠올리게 될 것이다. 지금 이 순간, 행복을 구가하는 이들은 누구일까. 위기를 기회로 삼는 아름다운 이들은 어떤 분들일까. 그리하여 훗날 우리는 또 어떤 별명을 추가하게 될까. 심사숙고해야 할 것이 있다면, 바로 지금 이 순간 '난 괜찮아요'라고 말하는 자들이라는 결론에 도달하기까지 얼마나 많은 시간이 필요할지 나는 모른다. 그토록 하고 싶었으나 입 밖에 내뱉는 순간 달아나버릴까봐 난 행복해, 라는 말을 꾹 참고 사는 다른 많은 이들처럼.

증오

군 시절 야간행군을 하면서였다. 해 질 무렵 완전군장을 한 뒤 먼길을 나섰다. 이윽고 사위에 어둠이 내려앉았다. 강원도 산 골의 길은 칠흑처럼 캄캄했다. 발바닥은 활활 타올랐다. 땀으 로 흠뻑 젖은 몸을 이끌고 허방을 짚듯 간신히 걸었다. 그러다 어느 외딴집 앞을 지나갔다. 고향집과 그리 다르지 않은 슬레 이트 지붕을 얹은 누추한 집이었다. 낮은 담 너머로 백열등 불 빛에 물든 창호문이 보였고 거기에 그 집 식구들의 그림자가 어른거렸다. 불빛이 무척이나 따뜻하게 여겨졌다. 까닭 모를 눈물이 났다. 누추한 집만큼이나 가난할 게 틀림없었을 그 집 에 사는 이들의 단란한 저녁 시간이 사무치게 부러웠다. 내가 언젠가 한 번쯤 가져본 적 있으나 앞으로 영영 내 삶에서 재현할 수 없는 과거처럼 느꼈던 거다. 그러나 나의 부러움이 증오가 되지 않은 건 아마도 내게 돌아갈 누추한 집이 있었기 때문이리라. 그러나 또한 나의 부러움은 다른 형태의 증오가 되기도 한다. 저 가난하고 순박한 이들의 삶을 각다분하게 만드는 이 세상의 모든 비인간적 조건들을 나는 증오한다. 밤이 찾아왔을 때 하루 동안의 노동으로 고단해진 몸을 이끌고 돌아와 피붙이들과 더운밥 나눠 먹을 방 한 칸조차 허용하지 않는 문명이라면, 촉수 낮은 백열등 아래서라도 서로가 하루 동안 무사했음을 확인할 수 있는 안락한 시간을 보장하지 못하는 문명이라면 과연 그런 문명이란 지지할 가치가 있는 것인지. 증오는 쓸모 있는 감정이다. 인간답지 못함에 대한 증오. 인간을 인간일 수 없게 만드는 조건들에 대한 증오야말로 인간을 인간이게끔 해준 격렬하고도 원초적인 본능이었는지도 모른다. 가난한 이들에게 존엄을 요구하는 건 폭력이다. 그들의 존엄을 짓밟은 채 그들에겐 처음부터 존엄이란 없었다고 조롱하는 자들을 나는 증오한다.

진실의 행방

보통 신발을 신을 때는 느끼기 힘들지만 틀이 견고하고 딱딱한 등산화를 신으면 왼발과 오른발의 크기가 같지 않다는 걸 실감한다. 난생처음 등산화를 인터넷으로 주문해 구입했을 때 나는 그 신발에 문제가 있는 줄만 알았다. 왼발은 편안한데 오른발 발등이 꽉 죄어 여간 불편한 게 아니었다. 신발에 문제가 있는 것 같으니 새 제품으로 교환해달라고 말했더니 저쪽에서는 그게 일반적이라고 했다. 오른손잡이시죠? 그럼 오른발이 왼발보다 조금 큽니다. 처음엔 불편해도 신고 다니면 좀 나아질 겁니다. 딴에는 틀린 말은 아니었다. 치수를 높이면 오른발은 좀 편해질지 몰라도 헐거워진 왼쪽은 두고두고 골칫거리가 될 테니 말이다. 그 직원의 말이 맞았다. 처음에는 불편했지만 견고한 등산화도 변형이 이뤄졌는지 한동안 신고 다닌 덕분에 지금은 오른발도 편안하다. 우리 몸은 대칭으로 이뤄졌다. 그렇다고 해서 데칼코마니처럼 완벽한 대칭은 아니다. 처음 우리가 어머니 배 속에 자리를 잡았을 무렵에는 그랬을지도 모른다. 하지만 나는 여태 완벽하게 대칭인 사람을 본 적은 없다. 한쪽 눈은 쌍꺼풀인데 다른 쪽은 외꺼풀인 사람도 많다. 이처럼 눈에 띄는 비대칭도 있지만 겉보기에는 완벽한 대칭일지라도 어느 구석인가는 다르게 마련이다. 결국 우리 주변 사람들 가운데 완벽한 대칭은 없다. 어쩌면 우리의 몸은 대칭이라기보다 비대칭이라고 하는 게 진실에 가까울지도 모른다. 무심코 우리가 진실이라고 단정 짓는 것들이 결코 진실이 아닐 수도 있다. 삶은 되돌릴 수 없는 비가역적인 것이기에 역설적으로 진실은 삶이 전진하는 만큼 새로워진다. 오른발과 왼발의 차이는 무시해도 좋을 만큼 사소하다고 치부할 수도 있겠지만 그게 진실의 문제가 된다면 이 사소한 차이에 주목해야 한다. 진실은 다람쥐처럼 재빨라서 한눈을 팔면 순식간에 종적이 묘연해지기 마련이니까.

차이와 이해

중학생 시절 나는 자전거를 타고 학교에 다녔다. 집에서 학교까지는 꽤 먼 거리였고 자전거로 통학해도 사오십 분이 걸렸다. 나는 그 길이 전혀 지루하지 않았다. 때로는 친구들과 함께 때로는 홀로 그 길을 갔다. 길 주위에 펼쳐진 들판과 이따금 지나치는 작은 솔밭과 마을들은 저마다 사연을 간직한 채 오랜 세월 그 자리에 있었던 것이다. 격렬하지는 않지만 장구한 역사가 그 길 주위에 있었다. 사람들은 풍경에 자연스레 섞여 들었고 토지에 생명줄을 대고 사는 사람들답게 그들의 낯빛은 흙빛이었다.

그러다 부모님과 마주치기도 했다. 얼마 안 되는 전답을 처분하고 행상을 하던 때였다. 저 멀리서 낯익은 일 톤 트럭이 농촌의 고요한 풍경과는 어울리지 않게 드센 트로트를 울리며 다가오면 나는 숨을 곳을 찾았다. 나는 농촌의 다른 어른들과는 확연히 구분되는 부모님의 삶의 형태를 부끄러워했다. 그곳에서는 농사를 짓는 게 자연스러운 일이라고 여겼다. 나는 이 '차이'를 못내 받아들일 수 없었다.

우리는 사랑을 할 때 상대방의 장점만 사랑하지는 않는다. 우리는 사랑을 말할 때 상대방의 아름다움만을 일컫지 않는다. 우리는 누군가를 사랑하기로 마음먹을 때 각오가 되어 있다. 그이에게 내가 알지 못하는 단점이 있더라도 내가 미처 깨닫지 못한 추함이 있더라도 기꺼이 용납하고 감싸주겠다고. 그러니까 결국 사랑의 요체도 이해에 있는 것이다.

차이는 이해에 의해 아무것도 아닌 것으로 된다. 중학생 시절의 나는 차이만을 발견했을 뿐 그 차이를 이해하려고 노력하지는 않았다. 세월이 흐른 뒤에야 이처럼 후회할 뿐. 누구의 말마따나 타자는 지옥이며 우리는 우리의 감옥이다. 그럼에도 불구하고 타자와의 소통을 시도하는 이유는 견고하기 짝이 없는 우리 내부에서 탈출하려는 이유는 서로의 차이를 넘어 이해에 이르기 위해서가 아닐까.

팔을 번쩍 드시오

해마다 그렇지만 올해도 어김없이 12월은 송년회의 달이다. 주머니 사정이 좋지 않아 풍성한 분위기는 아니라지만 그러면 어떠랴. 정다운 사람들과 올해의 사건사고를 안주 삼아 술 한잔 마시며 시름을 달래고 내일을 기약하면 그만인 것을. 하지만 세상일이라는 게 마음처럼 되던가. 내키지 않아도 참석해야 하는 자리가 훨씬 많은 법이니 말이다. 송년회가 슬슬 지겨워질 무렵의 이슥한 밤이었다. 모처럼 낙낙한 시간을 보내는데 지방에 사는 불알친구한테 느닷없이 전화가 왔다. 문상을 위해 서울에 올라왔는데 얼굴이나 보자는 거였다. 어마뜨거라. 젠장, 왜 녀석은 하필 이럴 때 행차했단 말인가. 녀석은 내 목소리에서 주저하는 기미를 느꼈는지 불편하면 그냥 내려가겠노라 말했다. 따져보니 얼굴 본 지가 한참 되었다. 서울나들이가 잦은 녀석도 아닌 터라 이번에 못 보면 또 언제 볼 수 있을지 알 수 없는 노릇이었다. 녀석을 기다리는 동안에도 마음은 갈팡질팡했다. 미안해 친구야, 오늘은 영 상태가 좋지 않으니 다음에 보자. 새벽 일찍 나가야 하거든. 이런 말들이 재채기처럼 터져나오려 했다. 소심하게 혹은 비열하게 고민하고 있는 사이 녀석한테 도착했다는 전화가 왔다. 외투를 걸치고 현관문을 열자 12월답게 맵찬 공기가 얼굴을 후려쳤다. 찬 기운에 절로 눈물이 찔끔 났는데, 이 모든 게 녀석 때문인 것만 같았다. 그때의 내 입은 오리 주둥이나 한가지였으리라. 골목 끝 빵집 앞에 구부정한 실루엣이 서 있었다. 녀석은 구두 끝으로 바닥을 툭툭 차고 있다가 고개를 돌려 내 쪽을 보았다. 빵집에서 흘러나온 희미한 빛이 그의 얼굴에 부딪히며 금가루처럼 흩날렸다. 하얀 잇바디를 드러내며 녀석이 팔을 번쩍 들었다. 그 순간 나는 깨달았다. 녀석이 발소리만으로도 나를 알아봤음을, 여태의 송년회는 말짱 도루묵이며 진짜 송년회가 시작되었음을. 그동안의 주저함은 온데간데없이 사라졌다. 젠장, 나도 모르게 화답하듯 팔을 번쩍 들었으니 말이다.

풍경의 발견

폭설이 내리던 날 바닷가에 서본 적이 있다. 속초였던 것 같다. 그곳에서 나는 난생처음 눈 내리는 바다를 보았다. 태생이 내륙인지라 바다를 접할 기회도 드물었지만 바다보다 산을 더 즐겨 찾았던 것도 한 이유인 듯하다. 그런 내게 눈 내리는 바다라니. 풍경은 낯설었지만 나는 순식간에 그 풍경에 사로잡히고 말았다. 그때까지 내게 눈이란 쌓이는 것이었다. 더러운 곳도 가리지 않고 공평하게 내려앉아 한 겹 한 겹 쌓여 그것도 무척이나 가볍게 쌓여 짓누르는 게 아니라 감싸안아준다는 걸 누구나 알 수 있을 만큼 말이다. 그러나 바다로 쏟아지는 눈은 쌓이지 않았다. 바다에 내려앉는 순간 눈은 바다에 스며들어갔다. 그 풍경은 사뭇 비장하기까지 했다. 그와 비슷한 풍경을 전혀 모르고 살지는 않았다. 아마도 한강을 건너면서 강으로 곤두박질하는 눈들을 본 적도 있을 테고 고요한 저수지 위로 내리는 눈들을 만난 적도 있을 테다. 하지만 바다는 달랐다. 바다는 대지 너머의 새로운 대지였고 그 대지에 내리는 눈 역시 새로운 눈이었다. 그때의 바다와 눈은 내가 알던 바다와 눈이 아니었으며 그럼에도 불구하고 그것들은 여전히 내가 알던 바다와 눈이었다. 그러니까 존재의 형식이라 부를 수 있을 법한 어떤 이치를 문득 깨달은 듯한 기분이었다. 눈 내리는 바다는 늘 해맑게 웃던 이가 어느 날 속깊은 울음을 터뜨렸을 때처럼, 타인의 내면을 무심코 목격했을 때처럼 나를 당황스럽게 했다. 그리고 나는 이 당황스러움이 삶을 구성하는 찬란한 순간들임을 알았다. 상대의 진심을 알게 되던 속수무책의 순간들을 겪듯 매 순간 당황하고 당황하며 견뎌내야 하는 게 삶이라면 그 삶 가운데 비장하지 않은 삶이란 없다는 것도.

장기려 선생

며칠 뒤면 성탄절이다. 예외 없이 부처님 오신 날이나 성탄절
이나 그런 날이 닥치면 한 가지 의심에 사로잡혔다. 왔다는 분
들이 어디에 계신지 알 수 없어서이다. 어쨌든 종교와 무관하
게 성탄절은 연말 분위기가 한껏 무르익은 때에 맞이하는지라
즐거운 휴일임에는 틀림없다. 눈 내리는 성탄절 전야는 누구나
손꼽아 기다리는 풍경이 아니던가. 밝고 깨끗한 종소리와 더불
어 나지막하지만 의미심장한 노랫소리가 거침없이 쏟아지는
눈발을 뚫고 들려오면 이 세계가 한결 고요하고 거룩해진 듯
느껴지는 것도 사실이다. 즐거운 사람들과 더불어 보내는 연말
의 휴일은 바쁜 인생에서 드물게 맞이하는 휴식이기도 할 테
니. 그러다 문득 장기려 선생이 떠오르기도 한다. 올해는 장기

려 선생 탄생 백주년이었고 다가오는 성탄절은 그이가 세상을 떠난 지 16주기가 되는 날이다. 딱히 종교가 없는 나로서는 성탄절이 되었을 때 추억할 누군가가 있다는 사실이 위로가 된다. 평생을 가난한 자들 곁에 머물면서 의술을 베풀다 떠난 그이를 생각하면 소중했던 누군가는 원래 그처럼 우리 곁에 조용히 머물다 사라져버리는 게 아닌가 싶다. 여기에 왔노라고 유난을 떨지 않으면서 묵묵히 할 일을 다한 뒤 떠나간 이들은 어김없이 인간이었다. 평생 자신을 내세운 적 없었으므로 장기려 선생이 우리 곁에 머물다 갔다는 사실조차 모르는 이들도 많겠지만 아마도 그이는 사람들의 무심함을 탓하지 않을 것이다. 더불어 장기려 선생이 그러했듯이 지금도 어딘가에서 붕괴하는 세상을 조용히 지탱하며 우리 곁에 머물고 있을 누군가가 애틋해 다가오는 성탄절에는 떠난 사람뿐만 아니라 눈에 띄지 않는 그 사람을 떠올려보고 싶다.

길

남도에 취재차 내려갈 일이 있어 고향집에 들렀더니 기다렸다는 듯 밤부터 눈이 내렸다. 눈이 내리면 습관처럼 황동규 시인의 '삼남에 내리는 눈'을 떠올린다. 특히 어둡고 고요한 밤이면 그 시의 '귀기울여 보아라'라는 구절이 절창임을 새삼 깨닫게 된다. 허공에서 소리 없는 폭발로 태어나듯 눈이 생겨나는 걸 보노라면 더욱 그렇다. 그때의 눈은 내리는 것이 아니라 탄생하는 것이다. 폭우가 사위를 침묵에 잠겨들게 하는 것과 반대로 폭설은 사위를 소리로 가득 채운다. 귀기울이면 폭설이 내리는 소리만큼 장엄한 소리도 없다는 걸 알게 된다. 나는 그 장엄한 소리를 들으며 잠들었다. 새벽에 깨어보니 홑이불은 아니고 두터운 솜이불만큼 눈이 쌓였다. 그 눈에 발목을 담근 채 마당에 섰노라니 어린 시절의 흥분이 되살아났다. 그 시절 나는 강설을 예고하는 밤이면 잠조차 제대로 이루지 못했다. 새벽에 방문을 벌컥 열었을 때 와락 달려들던 희디흰 세상. 나는 그때처럼 넉가래를 쥐고 마당부터 시작해 사립 앞까지 쌓인 눈을 치운 뒤 잠시 숨을 골랐다가 신작로까지 길을 냈다. 되돌아와 이번에는 마을 안쪽으로 길을 냈다. 예전과 달리 시멘트 포장이 된 터라 큰 힘 들이지 않고도 넉가래로 밀고 다니면 반듯한 길이 생겼다. 그리고 갈림길에서 만났다. 저 반대편에서 시작된 길을 말이다. 마을 안쪽 누군가 벌써 그곳까지 얌전하게 비질을 했던 것이다. 이로써 마을을 관통하는 길이 생겨났다. 내가 만든 길과 누군가 만든 길이 만나 하나의 길이 되었다. 나는 그 갈림길에서 오래도록 서 있었다. 넉가래 손잡이 쪽 마구리에 턱을 댄 채 서로 다른 형태의 길이 어우러져 하나의 길이 되는 순진하고도 기묘한 조화에 잠시 넋을 잃었다. 길은 연작소설처럼 단편들이 모여 이룬 하나의 장편이지 않은가.

고마워 발발아

올해의 마지막날이다. 의미심장한 추억을 만들고 싶어할 분들도 있을 테다. 나도 그렇다. 이십대의 마지막날엔 유독 심했다. 그 하루가 지나면 삼십대였다. 스물 둘에서 스물 셋이 되는 것과는 달랐다. 김광석의 〈서른 즈음에〉를 더는 못 부르게 되다니! 그날 아침 눈을 뜨자마자 무얼 하며 하루를 보낼지 고심했다. 명색은 소설가지만 소설책 한 권 내지 못한 채 고향집에서 식충이로 지내던 시절이었다. 점심 무렵까지 결정을 내리지 못한 나는 초조해지기 시작했다. 이십대의 마지막날, 이 하루를 잘 보내지 못하면 나의 이십대가 깡그리 무위로 돌아갈 듯한 기분이었으니 말이다. 눈이 내렸고 칼바람이 불었다. 쓸쓸했다. 속절없이 생을 흘려보냈다는 자책에 그 하루가 못 견디게

애틋했다. 눈발이 더 거세어졌고 하늘마저 캄캄해졌다. 그리고 개가 짖었다. 멍멍. 그 소리는 마치 나의 삼십대를 예언하는 듯했다. 너의 삼십대는 멍멍이라고. 발발아, 너조차 나를 무시하는 거냐? 나는 고개를 돌려 축사 쪽을 보았다. 축사 기둥에 묶인 채 우두커니 눈을 맞고 있는 발발이의 쓸쓸함에 대해 생각했다. 너나 나나 다르지 않구나. 무얼 해야 할지 알 것 같았다. 나는 집 안팎을 뒤져 낡은 목재를 찾아낸 뒤 의기양양하게 작업에 착수했다. 추위에 곱은 손을 호호 불면서 망치질이 서툰 탓에 못대가리 대신 손가락을 더 많이 찧으면서 이십대의 마지막날을 보냈다. 그런 나를 발발이가 측은한 눈빛으로 지켜보았다. 드디어 개집을 완성했다. 녀석은 오후 내내 용을 쓰고 만들어낸 게 겨우 그거냐며 혀를 찼다. 그러니까 또 심드렁하게 짖었던 거다. 허술한 집이 미심쩍어 꽁무니를 빼는 녀석을 억지로 밀어넣었다. 정말 뿌듯했다. 따뜻하지 발발아? 녀석은 멍멍 짖었다. 나는 그렇다고 알아들었다. 그리고 정말 삼십대에 맞이하는 매해 마지막날은 그 추억으로 견딘다. 그대, 오늘 무얼 하시려나?

종합선물세트

명절이 다가오면 마음이 들떴다. 내 어린 시절 최고의 선물은 종합선물세트였다. 제조사에 따라 구성품목이 조금씩 다르긴 했지만 호기심을 불러일으키는 데는 그만한 게 없었다. 내가 느끼기에 달력만한 크기의 그 상자에는 우주가 담긴 것과 다름 없었다. 상자 뚜껑을 열었을 때 한눈에 들어오는 그 오밀조밀 하게 배치된 과자들. 그건 허블망원경으로 안드로메다를 본다 해도 느끼기 힘든 경탄을 불러일으켰다. 그래서 누군가 설빔을 차려입고 손에 그와 같은 선물꾸러미를 든 채 동네 들머리에 들어서면 그 선물이 꼭 내 것이 아니라 해도 가슴속이 환해졌 다. 누군가는 저 선물을 받고 기뻐하겠지. 적어도 사철 옥수수 나 구운 콩을 유일한 주전부리로 알고 지내온 나 같은 녀석들에겐 말이다. 그러나 어린 시절이라 해서 모르지는 않았다. 그런 선물을 준비하기 위해 그이가 얼마나 노심초사했을지를. 다른 선물을 고르려다 몇 번이고 주저하는 마음을 다독이며 얼마나 힘들게 고르고 값을 치렀을지를. 그래서 선물상자가 조금씩 비워지면 마음 한구석이 아파왔다. 대신 나는 그 빈자리에 선물을 준 사람의 마음을 쟁였다. 끝내 상자가 텅 비면 그 상자를 쉬이 버리지 못해 다른 잡동사니를 담아두는 데 썼다. 그렇게 두고두고 선물을 준 이의 마음을 헤아렸다. 아이들이라고 해서 모를까. 세뱃돈으로 준 빳빳한 지폐 몇 장보다 공부 잘하라는 상투적인 덕담 몇 마디보다 소중한 게 있다는 걸. 아직 가난을 경멸할 줄 모르는 아이들일수록 선물을 주는 이의 마음이 채워져야 비로소 완전한 종합선물세트가 된다는 걸 누구보다 민감하게 느낀다. 밤새 선물상자를 열었다 닫았다 하는 아이들이 사실은 선물을 준 이의 가슴을 열었다 닫았다 한다는 걸 어른들만 모르는 게 아닐지.

비정규직 소설가

얼마 전 모교의 교정을 거닐다 학내 비정규직 노동자들의 노동조합 설립을 축하한다는 내용의 대자보를 보았다. 흰 종이에 검은 매직으로 쓰인 간결하기 짝이 없는 대자보였다. 하지만 나는 저멀리 사람들 속에 섞인 애인을 알아볼 때처럼 그 대자보를 단박에 알아보았다. 학생 시절 나는 경비 아저씨들과 친분이 좀 있었다. 원만한 관계는 아니었다. 방 한 칸 없이 지내던 터라 학생회관을 숙소 삼아 살았는데 그러기 위해 넘어야 할 마지막 관문이 경비 아저씨였다. 경비 아저씨들은 때로는 근엄한 아버지처럼 때로는 살가운 삼촌처럼 윽박지르고 타일렀는데 젊고 무례했던 나는 그이들을 거추장스러운 존재로만 여겼던 거다. 군대에 갔다 와 복학을 한 뒤에야 내가 그이들과 얼마나 많은 추억을 공유했는지를 알게 되었다. 자정 지나 현관문을 열어달라며 떼를 쓰던 나를 기억해주었고 노동자의 날이면 몇 푼씩을 추렴해 선물했던 싸구려 양말이나 넥타이마저도 기억해주었다. 마치 자식의 어린 시절을 기억해내듯. 밤새 술판이라도 벌이면 잔뜩 화난 얼굴로 귀가를 종용하다가도 한잔 드시고 순찰하라고 눙치면 못 이긴 척 받아주던 그이들이 떠올랐으며 경찰의 압수수색이 예고된 깊은 밤 채 처분하지 못한 불온도서들을 복도에 모아 천으로 덮고 '건들지 마시오—경비'라고 써놓으면 한쪽 눈 질끈 감아주던 그이들이 떠올랐다. 하지만 내가 복학했을 때 그이들은 더이상 교직원이 아니었다. 경비 아저씨는 쓸쓸한 얼굴로 이제는 파견직원일 뿐이라고 말했는데 그 말투에서 어떤 박탈감을 느꼈다. 나는 가족을 잃은 기분이었다. 이제 세월이 흘렀고 비정규직 노동자들의 노동조합이 설립되었다. 우연히 마주친다면 소설가도 비정규직이라고 너스레를 떨 수도 있을 듯하다.

3부

바느질 소리

짓다

처음에 '짓다'라는 낱말은 단지 '집을 짓다'라는 의미로만 쓰였을지도 모른다. 그러다 밥을 해먹는 일도 집을 짓는 일만큼 사람에게 소중한 것이므로 '밥을 짓다'라 쓰게 되고 또한 옷을 입는 일도 그만큼 중요하므로 '옷을 짓다'라고 쓰게 되었는지도 모른다. 집이 먼저였는지 밥이 먼저였는지 혹은 옷이 먼저였는지는 모르겠으나 순서야 어떻든 '짓다'라는 낱말이 의식주와 관련이 있다는 건 집과 밥과 옷이 삶과 불가분의 관계임을 보여주는 듯하다. 헐벗고 굶주리고 한뎃잠을 자는 것만큼 괴로운 일이 있을까. 그래서 '짓다'라는 낱말은 삶을 가능케 하는 최소한의 동사이다. 만약 이 낱말의 쓰임새가 여기에서 그쳤다면 낱말의 기원에 대한 생각을 접어도 좋으련만 나는 '짓다'라는 낱말을 들여다볼 때마다 왜 사람들이 '복을 짓다'라고 말하게 되었는지를 생각해보곤 한다. 집을 짓고 밥을 짓고 옷을 지으면 집과 밥과 옷을 얻을 수 있지만 복을 짓는다고 해서 당장에 복을 얻을 수는 없다. 그러므로 '복을 짓다'라는 말은 실제로 짓는 대상 너머의 것을 가리킨다. 풀이하자면 복을 가져다줄 수 있는 행동을 하라는 말이라고 할 수 있다. 그래서 내게는 '복을 짓다'라는 식의 용례가 마치 집을 짓거나 밥을 짓거나 옷을 짓는 행위에도 좀더 추상적인 의미가 숨겨져 있음을 알려주는 듯하다. 집과 밥과 옷 너머의 무엇. 삶이라는 말로 단순화시키기에는 아쉬움이 남는 그 무엇. 그래서 집을 짓고 밥을 짓고 옷을 짓는 것만으로는 그 아쉬움을 달랠 수 없어 복을 짓는다 말하게 되고 마침내 사람들은 '글을 짓다'라고 말하게 되었다. '짓다'라는 말은 글을 쓰는 내게는 늘 경계의 의미로 다가온다. 내가 지은 글 한 줄은 집과 밥과 옷 그리고 복에 견줄 수 있는가를 늘 상기시킨다는 점에서 말이다.

소설(小雪)

해마다 되풀이되는 절기 가운데 소설이 다가오면 까닭 없이 마음이 소슬해진다. 그러나 세상일에 까닭 없는 일이 얼마나 있을까. 첫눈의 감격이 시들해질 무렵 본격적인 추위가 찾아오기도 전에 겨울 한 철을 무사히 날 수 있을지 걱정이 앞선다. 이 걱정은 유래가 깊다. 농촌 출신인 나는 겨울밤이 한없이 길고 지루했다. 내게 겨울이란 어머니가 돈 벌러 공장에 다니고 아버지 역시 돈 벌러 먼 도시로 떠나는 계절이었다. 한 바가지의 따뜻한 물에 찬물을 섞어 몸을 씻어야 했고 부르튼 손등에 늘 피딱지가 앉았다. 논과 밭은 불모의 대지처럼 고즈넉하다못해 스산했고 비쩍 마른 개가 기관지염을 앓는 노인처럼 힘없이 짖어댔다. 겨울을 나기 위해 제 몸의 잎사귀를 다 떨어낸 앙상한 나무들은 비장해 보이기까지 했으며 길가에 뒤엉킨 채 납작하게 누운 한해살이풀을 보노라면 봄이 영영 찾아오지 않을지도 모른다는 생각이 들기도 했다. 그러나 눈이 내리면 세상은 한 겹 눈 아래서 자신이 살아 있음을 보여주었다. 눈은 언제나 무차별적으로 내렸다. 더러운 곳이나 깨끗한 곳이나 혹은 밝은 곳이나 어두운 곳이나 가리지 않고 공평하게 내려앉아 공평하게 한 겹 홑이불이 되어 덮어주었다. 그 아래서 마른 나뭇가지가 몸을 떨었고 단단한 땅이 익어갔다. 그때부터 나는 폭설이 아니어도 좋았다. 부유한 자들의 지붕만이 아니라 가난한 자들의 지붕 위에도 내려앉는 눈이야말로 선량함의 기원이었으며 억누른다는 느낌이 들지 않도록 부드럽게 쌓여 차가운 영혼을 달래주는 눈이야말로 실질적인 위안이었다. 그리고 어느 날부터인가 나는 소설(小雪)을 기다리는 대신에 소설(小說)을 쓰게 되었고 소설(小說)이 무엇이 되어야 하는지를 알게 된 듯했다.

날마다 유서

생태주의자 에드워드 애비는 '제도권에서는 진실을 기대할 수 없으므로 작가들에게 진실을 기대해야 합니다'라고 말했다. 이 문장을 읽을 때 나는 허공을 걷는 기분이 들었다. 애비는 실제로 그런 생각을 실천하며 글을 썼을 것이다. 그러므로 그는 고독했을 것이다. 이런 생각을 하며 글을 쓴다는 건 퍽 쓸쓸한 일이다. 이를테면 그가 한국에서 이런 글을 썼다면 우선 당장에 진실 운운하는 건 근대적 사고라며 포스트모더니스트의 맹렬한 공격을 받게 될 것이다. 다른 한편으로는 문학과 진실은 별개의 문제라며 순진한 척하는 문학주의자들의 공격을 받게 될 것이다. 그는 아무런 지지자도 얻지 못한 채 홀로 이 명제를 껴안고 쓸쓸히 죽을 게 분명하다. 설령 그를 지지한다 해도 입을 꾹 다무는 편이 낫다는 걸 알기에 누구도 말하지 않을 것이다. 소설이 더는 진실과 무관하게 된 시점에 소설가 역시 평론가의 시종이 되었다. 무례하고 오만한 지식인들(그들은 현명하게도 대중 앞에서는 얌전하고 예의바르다) 앞에 예술이 무릎을 꿇는 순간 자본주의의 지배는 공고해졌다. 그러므로 우리가 쓰는 글은 다만 유서일 뿐이다. 지배계급이 연루된 범죄치고 언제 한번이라도 샅샅이 전모가 밝혀진 적 있던가. 그러나 억압이 있는 곳에 저항도 있다. 나는 상업주의에 굴복한 작가들의 손에서 소설을 되찾아오기 위해 홀로 길을 떠난다. 승리를 장담할 수는 없다. 아니 패배가 자명하다. 그들은 무척 유능한데다 수많은 지지자를 거느렸기 때문이다. 오늘도 책과 원고지를 앞에 둔 채 열렬히 읽고 쓴다. 작가에게 진실을 기대했던 어느 투명한 영혼을 위해서라도. 날마다 유서를 쓴다.

구름을 벗어난 달처럼

어두운 밤길을 걷다 구름을 헤치고 유유히 빠져나온 달을 만난
적이 있다. 그 순간의 달은 내가 매일처럼 보던 그 달이 아니라
나를 마중하기 위해 먼길을 달려온 어떤 숭고한 존재처럼 여겨
지기까지 한다. 그래서 나는 부처님의 다음과 같은 말씀에서
죽은 비유가 아닌 생생하게 되살아나는 산 비유를 만난다. "사
람이 먼저 잘못이 있더라도 뒤에는 삼가 다시 짓지 않으면 그
는 능히 이 세상을 비추리. 달이 구름에서 나온 것처럼." 좋은
글에서 비유란 쓸모없는 수사가 아니라 그 글의 격을 높여주는
요소다. 많이 오해하듯 비유란 글을 모호하게 만드는 것이 아
니다. 오히려 비유란 글을 분명하고 뚜렷하게 만드는 데 원래
의 목적이 있다. 아마도 가장 많은 비유가 사용된 글은 성경이

아닐까 싶다. 성경에는 우리에게도 익숙한 무수한 비유들이 있다. 그렇기에 누구라도 성경은 쉽게 알아들을 수 있다. 구구절절 삶과 죽음에 관한 사변적이고 철학적인 교리를 늘어놓는 것보다 부자가 천국에 가기란 낙타가 바늘구멍을 통과하는 것보다 어렵다는 말이면 충분하다. 비유의 힘은 그것이 현란한 문학적 기교라는 사실에서 나오지 않는다. 좋은 비유는 우리로 하여금 우리가 겪었던 것들에 비추어 스스로 상상하게 해준다. '달이 구름에서 나온 것처럼'이라는 글귀를 읽으면서 나는 언젠가 내가 보았던 달을 떠올리게 된다. 그런 달을 보았을 때 내가 느꼈음직한 감정들도 되살아난다. 한 치 앞도 알아 볼 수 없을 만큼 캄캄했던 길이 순식간에 환해질 때의 반가움, 안도감 등이 함께 떠오르면서 저 단순한 글귀가 단박에 정서를 환기하는 심오한 문장으로 바뀐다. 그리고 동시에 잘못이 있더라도 다시 죄를 짓지 않으려 노력하는 사람이라면 누구라도 기꺼이 받아들일 마음이 생기기도 하는 것이다.

그대가 누구든

소설 수업을 하면서 학생들에게 최근에 가장 감명깊이 읽은 작품이 뭐냐고 물었다. 아마도 학생들은 이런 질문을 일종의 요식행위로 받아들여 따분해 했을 거다. 어쨌든 그 가운데 한 학생이 이광수의 『무정』이라고 답하기에 귀가 의심스러워 다시 물었으나 그는 역시 그렇다고 답했다. 강의실은 금세 유쾌해졌다. 이 시대에 『무정』을 감동적으로 읽는 청년이 있다니. 그날 밤 집에 돌아온 나는 퍼뜩 무언가가 깨달아져 뜻밖의 고민에 휩싸였다. 나도 그렇지 않던가. 발자크, 플로베르, 도스토옙스키를 여전히 탐독하며 즐거워하면서도 무라카미 하루키나 오르한 파묵 등은 참을 수 없어 하지 않았던가. 그들 작품의 밑바닥에 흐르는 제국주의가 목에 걸린 가시처럼 독서마저 방해하지 않았던가. 백 년 가까이 된 작품에 감동하는 학생과 최소한 백오십 년은 묵은 작품들에만 감동하는 나 사이에 어떤 차이가 있을까. 차라리 그 학생이 나보다 더 현실에 민감하며 세련된 감성을 지녔다고 보는 게 옳지 않을까. 김유정, 채만식, 이태준을 여태도 즐거이 뒤적거리면서 동시대의 다른 작품들에 쉽게 마음을 열지 못하는 내가 감히……, 이런 식의 고민들이었다. 그 밤은 무척이나 막막했다. 그런 종류의 고민에 정답이 없다는 걸 알기 때문이기도 했지만 한편으로 어디에선가 나와 똑같은 문제를 안고 밤을 지새울 누군가가 그리워서이기도 했다. 소설가의 각오만 그렇다고는 믿지 않는다. 이 세상 어딘가에 누군가 반드시 그대처럼 고민하고 괴로워하는 이가 있을 것이며 어쩌면 그대들은 사는 동안 한 번도 서로를 만나지 못할 가능성이 더 크다. 어쩌면 삶이란 누구에게나 점조직 같은 것일 수밖에 없을지도 모른다. 동료가 누구인지 영원히 알 수 없는, 그러기에 누구를 만나든 허리를 꼿꼿이 세워야 하는.

인간의 윤리

누군가 내게 우리 역사를 통틀어 최고의 문장가를 꼽으라면 나는 주저하지 않고 박지원 선생을 맨 앞에 내세울 것이다. 조금 길지만 인용하고 싶은 선생의 문장이 있다. "여인의 고개 숙인 모습에서 그녀가 부끄러워하고 있음을 보고, 턱을 괸 모습에서 그녀가 원망하고 있음을 보고, 혼자 서 있는 모습에서 그녀가 그리워하고 있음을 보고, 눈썹을 찡그린 모습에서 그녀가 수심에 차 있음을 보고, 난간 아래 서 있는 모습을 보고 그녀가 누구를 기다리고 있음을 알고, 파초 잎사귀 아래 서 있는 모습을 보고 그녀가 누구를 바라보고 있음을 알아야 한다." 선생이 문장에 대한 견해를 피력한 글이다. 일종의 문장론이라고 할 수 있는데, 타인에 대한 이해를 비유로 삼았다는 점이 의미심장하다. 문장에서 윤리를 거론할 수 있다면, 나는 마땅히 타인에 대한 이해가 기준이 되어야 한다고 여긴다. 도덕적인 문장이란 도덕을 옹호하는 글을 뜻하지 않는다. 가치 있다고 믿는 것을 적었다고 해서 도덕적인 문장인 건 아니다. 문장의 경우 도덕성이란 우리가 글로 옮기고자 하는 대상에 대한 철저한 관찰과 이해를 뜻한다. 그러한 바탕 없이 관습적인 문장을 남발한다면 그것이야말로 문장의 윤리를 저버리는 셈이다. 우리가 습관적으로 사용하는 '땅 위에서 싱싱하게 퍼덕이는 저 물고기'라는 문장은 얼마나 비윤리적인가. 땅 위에서 퍼덕이는 물고기는 살기 위해 몸부림친다. 고통스럽게 아가미를 헐떡인다. 물고기를 동정하지 않아 비윤리적인 게 아니라 대상에 대한 철저한 관찰과 이해가 없기 때문에 문장의 윤리를 위반한 것이다. 문장의 윤리가 무슨 대수냐고 생각하실 분들도 있겠다. 그러나 문장의 윤리는 곧 인간의 윤리이기도 하다. 타인에게 관심과 애정이 없다면 저 숱한 도덕의 목록들도 아무 소용이 없다. 타인에 대한 이해 없이 도덕이 홀로 존재할 수는 없다.

고난 속의 우아함

소설가라는 꼬리표를 달고 산 지 벌써 십여 년이다. 처음 소설가가 되었을 때 나는 한 가지 다짐을 했는데 그건 바로 내 소설에서는 '그녀'라는 낱말을 쓰지 않겠다는 거였다. 그 다짐을 여태까지는 잘 지켰다. 그런 이유로 내 소설에서는 남자건 여자건 삼인칭으로 지칭될 때는 모두 '그'이다. 물론 이런 다짐을 언제까지 지킬 수 있을지는 모르겠다. '그녀'를 포기한 순간부터 이 낱말의 공백을 메우기 위해 몇 배나 더 노력해야 했으므로 언젠가는 지칠 날도 올 것이다. 마찬가지로 나만의 원칙이 한 가지 더 있는데 나는 어느 특정 출판사의 책은 결코 사지 않는다. 그 출판사는 독재자의 자식이 운영한다. 그 출판사에서 나온 책을 보면 피냄새가 맡아진다. 꼭 갖고 싶은 책이 그 출판사의 것이면 난감하기 이를 데 없다. 이런 나를 보며 지인들은 혀를 찬다. 나 역시 그들이 혀를 차는 이유를 잘 안다. 가뭇없이 스러진 옛 다짐들도 참 많다. 커피와 콜라를 마시지 않겠다는 청바지를 입지 않겠다는 스포츠 신문을 읽지 않겠다는 사소한 다짐들마저 세월이 흐르면서 무뎌졌고 이제 외려 그런 것들을 즐긴다고까지는 못해도 멀리할 수는 없게 되었다. 타인에게 어떻게 비치느냐보다 스스로 다짐했던 일들을 하나하나 어기면서 산다는 사실이 치욕스럽다. 그러나 아직도 지켜야 할 일들이 많다. 그대가 어떤 원칙을 품고 사는지 나는 모른다. 어쩌면 그대에게만 중요한 일일지도 모른다. 타인이 알아주지 않더라도 스스로를 속이지 않는 일이라면 그게 무엇이든 지키고 살아야 한다. 시련이 없을 때 우아해지기란 퍽 쉽다. 그러나 고난속에서도 우아해지기란 쉽지 않다. 하루에도 몇 번씩 자신만의 원칙을 허물 것인가 말 것인가로 고뇌하는 그대가, 원칙을 지키기 위해 눈에 띄지 않는 희생을 감내한 그대가 누구보다 우아하다.

삶과 문학

시가 일상어를 조탁하려는 경향이 강하다면 산문인 소설은 일
상어를 새로운 맥락에 위치시키려는 경향이 강하다 할 수 있
다. 이런 것도 시정신과 산문정신의 차이 가운데 하나라 할 수
있겠는데 현대문학에서 가장 두드러진 산문양식은 소설일 테
고 그런 산문정신이 유독 깊이 엿보이는 소설가 가운데 얼마
전 고인이 되신 박완서 선생을 빼놓을 수 없다. 선생의 소설은
애써 꾸미려 하지 않지만 어떤 비유보다 선명히 독자에게 각인
된다. 그래서 "연이 엄만 돈이 아까워서, 너무너무 아까워서 뼈
가 저려 본 적 있수?"(「세상에서 제일 무거운 틀니」)와 같은 평범
하기 그지없는 일상적인 말에 뼈가 저리기도 하는 것이다. 삶
과 문학의 자유로운 넘나들이는 문학인이 늘 꿈꾸지만 결코 도

달할 수 없는 미지의 영역이다. 그러나 종종 불가능해 보이는 일이 일어나고 그러기에 불가능은 가능의 그림자언어인 법이다. 내 독서 범위에서 볼 때 세계문학에 두 가지 장면이 있다. 하나는 니코스 카잔차키스의 『전쟁과 신부』에 등장하는 것으로 좌우로 나뉘어 내전을 치러야 했던 그리스인들의 비극적인 아이러니(소년은 전쟁이 끝났다고 외치며 대로를 달리고 사람들은 축제 분위기에 휩싸인다. 그리고 소년은 만우절 거짓말이었다고 고백한다)를 묘사한 장면이며 다른 하나는 선생의 앞서 언급한 소설의 대화 한 토막이다. 월북한 오빠가 남파간첩이 되어 내려올 것이라는 이야기를 듣고 모녀가 대화를 나누는데 어머니가 "차라리 넘어오다……"라고 말꼬리를 흐리자 딸은 이렇게 속으로 덧붙인다. '넘어오다 차라리 사살되었으면 하고.' 그리고 스스로를 이렇게 평가한다. '어머니와 나는 마녀보다도 더 잔인해졌다.' 냉정한 문장 아래 눈물이 흐른다. 떠난 선생을 그리워하는 이들이 많다. 누군가 그립다면 괜히 그리운 게 아니다.

가슴속 문장 하나

누구나 가슴에 문장 하나쯤은 품고 산다. 그 문장이 어디에서 연유한 것이든 상관은 없다. 책에서 읽은 것일 수도 있고, 누군가에게 직접 들은 말일 수도 있으며, 혹은 스스로 고안해낸 것일 수도 있다. 또한 남들에겐 하찮을 수 있어도 자신에겐 소중한 그 무엇일 것이다. 그 문장은 우리가 어떤 위기에 처했을 때 불려나온다. 평소에는 가슴속 깊이 웅크리고 있다가 제 주인이 절망하여 쓰러지기 직전 스스로 걸어 나오기도 한다. 나 역시 그런 문장이 몇 개 있다. 그중 하나는 문학 혹은 예술을 하는 사람이라면 곁눈질로라도 한 번쯤은 읽어보았을 아르놀트 하우저의『문학과 예술의 사회사』에서 발견한 것이다. 내가 소설가를 꿈꾸었던 문청 시절 이미 문학은 명성을 잃었고 다른 모든 것들과 마찬가지로 상품이 되었다. 소설가가 되겠다는 생각마저 수치스러웠던 때였다. 그때 나를 위로해준 건 '역사의 진보에 바치는 예술가의 봉사란, 그가 개인적으로 무엇을 확신하고 어디에 동조하느냐에 있다기보다 오히려 사회적 현실의 문제와 모순을 얼마나 힘차게 제시하느냐에 있다'라는 문장이었다.

올해는 한 시대가 무너져가는 해인 듯하다. 추기경과 전직 대통령이 우리 곁을 떠났다. 며칠 전 우리가 보낸 또 한 명의 전직 대통령은 다른 정치인과 마찬가지로 '사랑하고 존경하는 국민 여러분'이라는 말을 즐겨 썼다. 우리 가운데 정치인의 이런 언사를 믿는 사람은 아무도 없다. 진부하기 짝이 없는 수사라는 걸 모르는 사람은 없다. 한데, 기이하게도 그이가 말하면 믿어졌다. 왠지 그이는 진심일 것만 같았다. 비루하기 짝이 없는 나조차 사랑받을 가치가 있는 한 사람이라고 속삭여주며, 그래도 살아야 한다고 위로해주는 듯한 기분이었다. 진부하고 평범한 말조차 가치 있고 특별한 문장으로 바꿔놓는 사람을 시인이라 한다면 그이는 우리가 다시 만나기 힘든 정치하는 시인이었던 게 아닐까.

사람 소리

따로 작업실이 없으므로 내게 방이란 거주의 공간인 동시에 작업의 공간이기도 하다. 단칸방이라 불편한 건 딱 하나다. 근엄했던 선배 소설가들처럼 안방에서 외출복으로 갈아입고 옆방 서재로 출근할 수가 없다는 거다. 그런 이유로 방을 고를 때면 두 가지를 고려해야 한다. 살기 좋은지 글쓰기에도 좋은지. 고향을 떠나 도시에서 스무 해 가까이 지내는 동안 내게 맞는 방이 어떤 곳인지 깨닫게 되었다. 방의 크기는 별로 중요하지 않았다. 한낮에도 커튼까지 친 채 글을 쓰니 채광 역시 중요하지 않았다. 내게 중요한 건 소음이었다. 운 나쁘게도 내가 이사를 가면 옆집을 부순다. 그곳에 사는 내내 뭔가 부서지는 소리와 뭔가 새로 짓는 소리를 듣는다. 공교롭게도 내가 이사를 가면 집주인과 건축업자 사이에 문제가 생겨 그동안 중단되었다던 옆 건물의 공사가 재개된다. 이제야 깨달았지만 도시에서는 이런 종류의 소음을 피하기가 어렵다. 도시는 체제의 표상이기 때문이다. 반면에 나는 술집들이 있는 골목과 시장이 있는 골목들의 방에서는 평온함을 느꼈다. 술집에서 들려오는 열띤 목소리와 시장에서 들려오는 흥정의 목소리들은 내 신경을 거스르지 않았다. 드잡이질을 하며 악다구니를 쏟아내는 사람들과 술에 취해 분통을 터뜨리는 사람들이 흔했다. 때로는 무언가를 게워내는 비통한 울음들마저. 그런 소리들은 나를 몽상으로 이끌었다. 그이들의 사연과 내력이 무엇인지 그이들을 사로잡은 기쁨과 분노와 고통은 무엇인지 진심으로 알고 싶어졌으며 느끼고 싶어졌다. 이제는 그게 바로 사람의 소리라는 걸 안다. 사람의 소리는 결코 소음이 될 수 없다는 것도 안다. 빗소리를 바람 소리를 개똥지빠귀 우짖는 소리를 한 번도 소음이라 느껴본 적 없듯이 말이다.

작가의 말

첫 책을 낼 무렵 아버지가 사고를 당했다. 소나무 우듬지의 전지작업을 위해 사다리에 올랐던 당신은 이십여 미터 높이에서 그만 추락하고 말았다. 나는 작가의 말을 쓰던 중이었다. 소설가가 소설만 쓰면 되지 작가의 말까지 쓴다는 건 군더더기에 지나지 않는 일인 듯해 머뭇거리던 중이었다. 서둘러 고향에 내려가 아버지를 큰 병원으로 옮겨 수속을 마친 뒤 나는 홀로 병원 앞 포장마차에 앉아 마찬가지로 다음날 수술을 위해 하루를 금식한 뒤 홀로 병실에서 잠들었을 당신을 생각했다. 어둠은 운명처럼 두텁고 완고했다. 수술은 무사히 끝났고 예후를 지켜보다 서울에 돌아간 나는 작가의 말을 마무리지었다. 그 책이 나왔을 때 아버지는 고향의 작은 병원에서 요양치료를 받는 중이었다. 당신은 퍽 신기해했다. 하긴 머슴의 마을에서 나고 자란 당신의 자식이 감히 책이라는 걸 낼 줄이야 짐작도 못했을 테니. 아버지는 책을 이리저리 들춰보았는데 기어이 어머니의 지청구를 먹고야 말았다. 눈도 안 뵈는 냥반이 뭘 본다요? 당신은 계면쩍은 듯 책날개를 들춰 거기 박힌 내 사진을 향해 히물쩍 웃는 걸로 갈음했다. 언제고 당신이 작가의 말을 읽게 된다면 거기에 우리가 말로는 나눌 수 없는, 그래본 적 없어 낯설 수밖에 없는 말들도 나누게 될 것이다. 소설이 별건 아니지만 소설가에게 소설은 삶이다. 삶을 쓰는데 소설가가 완벽히 글 뒤로 숨을 수는 없다. 이를테면 괴테의 『파우스트』를 읽다가도 슬며시 웃음이 나오는 때가 있다. 괴테도 동시대 다른 작가들을 험담하지 않고는 못 배겼던 거다. 책을 읽다 그런 대목을 만나면 이처럼 흠조차 인간적이어야 완전한 작품이 탄생하는 거라는 생각이 들기도 한다. 완전한 인간이란 흠 없는 인간이 아니라 인간적이기 위해 기꺼이 그처럼 흠집이 날 것을 감내할 줄도 안다는 뜻이려니 싶어서.

가능한 세계

요즈음 문청 시절 나를 가장 아프게 했던 선배가 자꾸 떠오른다. 그 형도 문학청년이었다. 그 시절 우리는 재떨이에서 찾아낸 꽁초를 보물처럼 여기는 주제에 곧 죽어도 세계와 교감하는 시늉을 내고, 누군가에게 빌붙어 탁주라도 한 사발 얻어 마시면 술값을 하겠다며 다투어 시를 암송하던 지리멸렬한 청춘들이었다. 그 형에게 예외적인 면이 있다면 누구보다 규율을 강조했다는 점이다. 어쩌면 그건 예외적이라는 말로는 설명하기 힘든 특별함이었을지도 모른다. 허세와 자기비하에 익숙했던 문청들에게 형은 불편한 존재였다. 형 앞에서는 상소리도 함부로 내뱉을 수 없었고 문학 운운하며 앓는 소리도 할 수 없었다. 형은 지그시 바라볼 뿐인데, 비루한 정체가 속속들이 까발려지는 기분이랄까. 젠장, 알았어요. 이렇게 두 팔을 들 수밖에 없는 그런 시선 말이다. 그 앞에서는 누구라도 속절없이 무장해제 되어 자신의 근원을 숙고하기 마련이었다. 형이 문학을 포기했을 때 나는 누구보다 마음이 아팠다. 형은 가능한 세계를 찾아 떠났다. 오랜 세월이 흐른 뒤 어느 날 나는 형을 만났다. 형은 밤을 새워 농민회 사무실에 홀로 앉아 문건을 만들었노라며 쓰게 웃었다. 우리 모두 가능한 세계를 찾아 밤을 새우는 중이군요. 아니 적어도 형은 말예요. 어느 혁명가는 이렇게 말했다. 리얼리스트가 되자. 그러나 불가능한 꿈을 꾸자. 리얼리스트를 가능하게 하는 것과 불가능한 꿈을 가능하게 하는 것은 가능하다는 점에서 차이가 없다. 불가능한 꿈은 리얼리스트의 손에 의해 이루어져야 하며 리얼리스트는 불가능한 꿈을 꾸지 않고서는 존재할 수 없다. 당위를 강조하는 것이야말로 손쉬운 일이다. 가능한 세계를 모른 체하지 않기. 가능한 세계 위에 또 다른 가능한 세계를 포개기. 불가능한 꿈은 그런 방식으로 꾸는 거라면서 형은 여전히 밤을 새우고 있겠지.

나는 왜 쓰는가

그리 오래된 시절도 아니지만 내가 대학에 다닐 무렵 소설가 혹은 시인을 꿈꾸던 문청들은 얼굴만 봐도 그렇다는 걸 알 수 있었다. 한마디로 얼굴에서 다 드러났다. 문학이 아니면 죽음을 달라. 이런 문장을 얼굴에서 읽을 수 있었다. 그때는 문학을 한다는 생각마저도 조심스러웠다. 대체로 가난했고 앞으로도 기꺼이 가난하게 살 각오가 되어 있었다. 하지만 그 시절 이미 대중문학과 순수문학의 경계는 희미해졌으며 누구도 그런 변화를 막을 수 없어 보였다. 문학에 목숨을 걸었던 많은 사람들이 속절없이 그 자리를 떠났다. 이 변화를 수용할 수 없는 사람들은 분개하며 떠났고 이 변화를 용납했던 사람들 가운데 일부역시 자신의 작품에 반영하지 못해 안타까워하며 떠났다. 아직 문청에 불과했던 나는 그런 사람들을 보며 혼란스러웠다. 같은 일에 종사하던 동료가 이 일에는 희망이 없다며 미련 없이 떠나는 뒷모습을 바라보는 시간들이라니. 세월이 흐른 뒤에야 나는 그 시절이 어떤 의미였는지 어렴풋이나마 알게 되었다. 자신의 마음속에 법정을 세웠던 아름다운 사람들이 모두 사라진 뒤에야 한 시대의 의미를 알게 된 것이다. 그러므로 나는 오늘 이 순간이 어떤 의미인지 알 수가 없다. 세월이 지난 뒤에야 나는 알게 될 것이다. 매번 깨달음은 한 걸음씩 늦게 찾아오기에 내가 할 수 있는 일은 내가 아무것도 모른다는 사실을 인정하는 것뿐이다. 내가 사는 시대의 증인이 되는 것뿐이다. 그런 뒤에야 나는 문학에 한 가지 증거를 부여할 수 있게 될 것이다. 주노 디아스의 소설에서 발견한 이 문장처럼. "세상에서 제일 예쁜 아이. 너는 하느님이 도미니카 사람이라는 증거야."

독서의 자세

책을 어떻게 읽어야 하느냐는 질문을 종종 받는다. 독서의 방법이야 저마다 다를 테니 뭐라 말하기 곤란하지만 자세의 문제라면 이런 말은 할 수 있겠다. 그대는 경탄할 준비가 되었는가? 그대는 눈앞에 펼쳐진 경이로움을 수긍할 준비가 되었는가? 나는 종종 이중섭의 〈흰소〉를 처음 보았을 때의 경탄을 되새겨보곤 한다.(이 그림은 왜 그런 이름을 갖게 되었을까. 신화에나 등장할 법한 낯설고도 낯익은 짐승이 아니던가) 박노해의 시 「어머니」를 읽을 때 '오 어머니! 당신 속엔 우리의 적이 있습니다'라는 구절 앞에서 나는 얼마나 서늘해졌던가.(어머니는 대지다. 우리가 짓이기는) 예를 들자면 한이 없다. 이문열의 「구로 아리랑」(이 소설에서 인간은 하나의 주체로 거듭나지 않던가. 그가 어쩔 수 없이 소설가라는 증거다)에서 김소진의 「열린 사회와 그 적들」 (나는 소위 시민적 진실을 이처럼 철저하게 회의한 소설을 알지 못한다)에서……. 그러나 주의할 점은 독서에서 경탄과 경이로움이란 번쩍 하며 찾아오는 게 아니다. 그것은 기나긴 몽상의 끝에 찾아온다. 그 과정은 지루할 수도 있고 고통스러울 수도 있다. 얼마나 느리게 읽느냐가 중요하다. 창조적 몽상의 대가인 가스통 바슐라르는 이를 두고 아예 '느린 독서'라고 이름 지었다. 완전한 독서를 위해 우리가 준비할 것은 경이로운 것들 앞에서 기꺼이 감탄할 자세 하나면 된다. 마치 그리스인 조르바처럼. 그렇다면 언젠가 우리는 책 너머의 것들에 감탄하는 스스로를 발견할 수 있을 것이다. 독서는 읽는 행위가 아니라 교감하는 행위다. 좀더 외설적으로 말하자면 우리는 책을 읽으면서 문장들과 속삭임을 나누고 손길을 나눈다. 책과 동침하고 책과 사랑을 나눈다. 책은 우리 안에서 익어가고 발효된다. 그리하여 우리는 책과 하나된 스스로를 출산한다.

명예로운 치욕

엘리엇의 「황무지」에서 유래한 '4월은 가장 잔인한 달'이라는 시구가 절로 떠오르는 시절이 아닐까 싶다. 이 관용구는 원래 시의 맥락과는 무관하게 다양한 의미로 쓰이는데 어쨌거나 수 상한 시절임에는 틀림없고 그런 시절을 견디는 일이 잔인하다 는 공통된 정서가 투영되는 듯하다. 나 역시 그렇다. 해마다 4 월이면 이 시구를 떠올리기는 했지만 올해는 예전처럼 반어적 이거나 다의적인 용법으로는 아니다. 그러나 또한 새삼 이 시 에 얽힌 일화가 떠오른다. 문학사의 유명한 일화다. 엘리엇의 스승인 에즈라 파운드도 훌륭한 시인이지만 제자만큼은 아니 었다. 스승은 제자를 알아보았고 제자 또한 스승의 비판과 충 고를 겸허히 수용할 줄 알았다. 「황무지」라는 문학사에 획을 그은 대작품은 그렇게 탄생했다. 시의 초고를 스승에게 보여준 엘리엇도 원고의 반을 뭉텅 잘라낼 만큼 무지막지하게 손을 댈 거라고는 미처 상상도 못했을 것이다. 스승에게 건네받은 자신의 시를 보면서 엘리엇은 얼마나 처참한 심정이었을까. 그러나 엘리엇은 스승의 견해를 인정하고 받아들였다. 엘리엇과 같은 시인이 자기검열에 불철저했으리라 믿을 수는 없다. 또한 그만큼 자기 견해가 확고하지 않은 시인이라고 믿을 이유도 없다. 엘리엇이 시인으로 보여준 확고함은 그의 단호한 자기주장에서 기인한 것이 아니라 그의 겸허함과 진실을 알아보고 인정하는 용기에 있다. 만약 엘리엇이 초고를 고집했더라면 우리가 아는 「황무지」는 없었을지도 모른다. 그가 시인이었기에 가능한 일이었고 흔한 시인이 아니라 참된 용기를 지닌 시인이었기에 더욱 가능한 일이었다. 한 편의 위대한 시를 출산하기 위해 시인이 겪어야 했던 명예로운 치욕이 우리가 앞으로 감당해야 할 치욕이다.

모국어

두 나라의 시인 소설가 평론가들이 모이는 자리에 참석한 적이 있다. 작가들의 이력에 빼놓지 않고 등장하는 것 가운데 하나가 어떤 작품이 어떤 언어로 번역되어 출판되었다는 내용인데 한국 작가들에 비해 외국 작가들의 번역 빈도가 무척 높았다. 그 자리에 참석한 존경하는 어느 한국 시인의 이력에는 그런 내용이 한 줄도 없었다. 대회가 끝난 뒤 그 시인과 잠깐 대화를 나눌 수 있었는데 시인은 씁쓸한 어조로 이렇게 말했다. 지금까지 해온 대로 모국어나 갈고 다듬다 가면 그걸로 족하다네. 나는 그이의 말에서 여러 감정을 느꼈는데 그 가운데 하나는 모국어를 갈고 다듬는 일이 시대에 뒤떨어지는 일이 되어버린 현실을 애석해하는 심정이었고 그 밖에도 모국어를 넘어 세계 언어(그러나 이 낱말은 얼마나 추상적인가. 모국어를 넘어봐야 언어 살해자인 영어 외에는 만날 수 없으므로)와 각축을 벌여야 하는 후배들에 대한 조심스러운 격려 혹은 안타까움 등을 느낄 수 있었다. 그러나 나는 차마 낯간지러워 말로 표현할 수는 없었으나 그이처럼 모국어에 자신의 문학적 탯줄을 두고 한평생을 살아온 이들이 있기에 지금 내가 쓰는 이 언어를 모국어로 삼은 집단은 쉬이 사멸하지 않으리라는 걸, 파블로 네루다가 노벨문학상 시상식에서 안데스 산골 마을에서 치켜든 깃발을 들고 결국 여기까지 왔노라고 말했듯이 언젠가 모국어의 아름다움을 알아줄 이국의 독자들을 만날 수 있으리라는 걸 그이 또한 모르지 않겠지만 말하고 싶었다. 모국어를 갈고 다듬는 일이야말로 문학을 업으로 삼아 사는 이들의 목숨과도 같은 일이라는 깨달음이 누추하지 않은 건 그이의 아름다운 시들이 있기 때문이라는 것도.

무엇을 쓸 것인가

소설 창작과 관련된 강의를 하다보니 한 학기에 학생들의 습작 소설을 수십 편씩 읽는다. 그러면 이 시대 젊은이들이 관심을 갖는 문제가 무엇인지 다시 말해 그들의 문학적 경향이 무엇인지 엿볼 수가 있다. 문학에서 중요하고 빈번하게 다루어지는 모티프는 여전히 가족과 사랑인 듯하다. 이 모티프는 세대를 이어 반복되겠지만 이런 현상도 일종의 획일화 혹은 편향이라고 볼 수 있지 않을까 싶다. 누구나 할 수 있는 일은 아무도 하지 않는 일일 가능성이 크기 때문이다. 어쨌든 그런 작품들 가운데 종종 낯선 모티프를 다룬 경우를 발견하기도 한다. 오래전 일이긴 하지만 한 학생은 용역업체 아르바이트를 했던 경험을 살려 파업노동자를 진압하는 이야기를 쓴 적이 있고 최근의

한 학생은 삼성 반도체 공장에서 일하다 백혈병에 걸려 죽은 노동자를 다룬 이야기를 쓴 적이 있다. 그런 소설을 발견하면 반가움과 동시에 안타까움이 찾아온다. 소설이 더는 사람들에게 진지한 장르로 인정받지 못하게 된 지 오래인데도 불구하고 여전히 소설의 인문학적 가치를 고려하는 습작생이기에 반갑다. 또한 그 습작생을 어떤 방식으로 격려해야 할지 알 수 없기에 안타깝다. 소설은 사회적 이슈를 따라가는 장르가 아니라 사회적 이슈를 만들어내는 장르다. 비정규직이 알려지기 전에 이미 소설가들은 자신의 소설에서 비정규직을 다루었으며 지금도 소설가들은 알려지지 않은 진실을 찾아내기 위해 고심한다고 나는 믿는다. 미처 해주지 못한 격려의 말을 여기에 덧붙이고 싶다. 소설을 쓰기 위해 이제 발걸음을 뗀 사람들에게 가장 중요한 자세는 세상에 쓰지 못할 이야기란 없다는 것이어야 한다. 그런 사람이 진짜 소설가다.

문학과 질문

종종 나는 문학청년들이 소설가가 되고 싶다거나 시인이 되고 싶다고 말할 때 설명하기 힘든 쓸쓸함에 사로잡힌다. 그렇게 말할 때 어린 학생들의 눈은 순수하기 이를 데 없으며 그런 소망의 어느 한 부분에서조차 불결함을 느낄 수 없는데도 말이다. 문학을 특별한 그 무엇으로 여기는 그들의 순수성을 나무랄 생각은 없다. 그렇지만 소설가나 시인이 되는 게 꿈이어서는 안 된다. 만약 진정으로 문학이 인류의 영혼과 관계하는 특별한 그 무엇이라면 그건 문학이 원래 그러하기 때문이 아니라 특별한 소설과 시가 존재하기 때문이다. 그러므로 굳이 바꿔 말하자면 그런 특별한 소설을 쓰는 것이, 시를 쓰는 것이 꿈이 되어야 한다. '이제껏 알려지지 않은 존재의 부분을 찾아내지 않는 소설은 부도덕한 소설이다'라는 밀란 쿤데라의 말과 '자신이 좋은 사람임을 증명하고자 하는 예술가의 욕망보다 예술에 더 사악한 효과를 미치는 것도 없다'는 필립 로스의 말을 나는 그렇게 이해한다. 위로 받기 위해 글을 쓰거나 글을 읽는다면 다시 말해 문학에서 위안을 구한다면 문학의 노예가 될 수밖에 없다. 자유로워지기 위한 글쓰기와 독서가 오히려 정반대의 결과를 불러올 수 있다. 값싼 동정과 위로가 하루의 원기회복제는 될 수 있을지 몰라도 그것을 통해 우리의 존재 자체를 미적으로 경험할 수는 없다. 만약 이런 주장이 좀 과격하게 여겨져 받아들이기 힘든 분이 있다면, 여전히 문학이란 위로가 되어줄 때 가치가 있다고 믿는 분이 있다면 이렇게 수정해도 좋을 듯하다. 질문 끝에 다가오는 형체 없는 위안들. 그건 이미 그대 안에 있었노라고.

바느질하는 밤

어린 시절 내가 가장 쓸모 있는 녀석이 되는 순간은 바늘귀를 찾아 실을 꿸 때였다. 겨우살이에 접어든 농촌의 밤은 고즈넉하기 이를 데 없었는데 그 긴 밤 내내 할머니와 어머니는 머리를 맞댄 채 바느질을 하거나 바구니를 짰다. 눈이 침침한 할머니는 실을 새로 바늘에 꿰어야 할 때면 나를 불렀는데 그럴 때마다 나는 실 끝에 침을 묻혀 엄지와 집게손가락으로 비빈 뒤단번에 바늘귀에 꿰어주곤 했다. 내가 잠든 사이에도 바느질은 이어져 이따금 바늘에 손가락을 찔린 당신들의 탄식 같은 한숨이 꿈속에서도 들려왔고 다음날이면 구멍난 부분을 말끔하게 자투리 천으로 덧대어 꿰맨 양말이나 두툼하게 기운 무릎이 볼멘 얼굴처럼 튀어나온 바지를 볼 수 있었다. 사그락사그락 바느질하는 소리는 어느 시인이 농염하게 빗대어 표현했던 눈 내리는 소리를 닮았고 정말로 그런 밤에는 함박눈이 소복이 내려 쌓이기도 했다. 눈이 내리는 동안 바느질이 이어졌는지 바느질이 이어지는 동안 눈이 내렸는지는 알 수 없으나 그런 밤을 지나면 자투리 천을 교묘하게 이어 붙여 몬드리안의 추상화를 연상시키는 밥상보를 비롯해 생활에 소용되는 소소한 직물들이 탄생했던 것이다. 세월이 흘러 글쓰기를 업으로 삼아 살게 되면서 문장을 쓰는 일을 한 땀 한 땀 세심하게 바느질하는 일과 비교하는 이유를 체감하게 되었고 한 단락을 마무리한 뒤 다음 단락을 시작할 때면 불현듯 바늘에 새 실을 꿸 때와 비슷한 기분이 들면서 눈이 침침한 누군가 내게 바늘과 실을 내밀어주기를 바라게 되는 것이었다. 그래서 나는 당신들이 바느질을 하는 동안 당신들의 사연을 실과 바늘 삼아 시를 쓰고 소설을 썼음을 뒤늦게 깨닫는다.

부드러운 직선

십여 년 저쪽의 일이다. 군 입대 뒤 첫 휴가를 나왔던 나는 서
점을 그냥 지나치지 못했다. 내 눈길은 출간된 지 얼마 안 된
도종환 시인의 『부드러운 직선』이라는 시집에 머물렀다. 휴가
기간 내내 나는 그 시집을 쓰다듬고 어루만지며 시간을 보냈
다. 그때까지 나는 부드러움과 직선이라는 말이 서로 어울릴
수 있다는 걸 알지 못했다. 비로소 나는 처음으로 그 말에서 날
카롭게 빛나는 어떤 아름다움을 느꼈다. '그러나 저 유려한 곡
선의 집 한 채가/ 곧게 다듬은 나무들로 이루어진 것을 본다'
직선들이 모여 곡선을 이룬다. 그러므로 거대한 저항은 무엇보
다 부드럽기 마련이다. 때로는 너무나 부드러워 그것이 저항이
라는 걸 누군가는 느끼지 못할 수도 있다. 진정한 저항은 그처

럼 소리없이 그러나 막대하게 벌어지는 하나의 사태이다. 한 편의 시는 우리의 영혼에 직접 육박하는 해일과 같다. 안도현 시인의 '연탄재 함부로 차지 마라/ 너는 누구에게 한 번이라도 뜨거운 사람이었느냐'(「너에게 묻는다」)가 그렇고 함민복 시인 의 '손가락이 열 개인 것은/ 어머니 배 속에서 몇 달 은혜 입나 기억하려는/ 태아의 노력 때문일지도 모릅니다'(「성선설」) 역시 그렇다. 시만 그럴까. 문학이란 이처럼 사소한 파문으로 시작 하여 거대한 해일로 우리의 영혼에 끼얹어지는 그 무엇이다. 그리하여 때로는 아니 어쩌면 우리가 상상하는 것보다 자주 곧 게 뻗은 직선보다 부드러운 직선이 더 올곧은 길이라는 걸, 한 없이 부드럽고 나약한 것들이 모여 단단하고 강한 진실을 이룬 다는 걸 우리도 모르게 인정하는 것인지도 모른다. 진실을 수 락하는 건 어려운 일이 아니다. 진실과 진심은 주머니 속의 송 곳과 같아 밖으로 드러나게 마련이다. 그러므로 모든 진실과 진심은 눈에 보인다. 안 보인다고 우기는 자들도 사실은 보는 중이다. 무척이나 부드러워서 느끼지 못할 뿐이다.

사랑스러운 무능력

소설가를 꿈꾸는 문청들에게 가장 많이 받는 질문 가운데 하나
는 소설 쓰는 재능, 그러니까 흔히 우리가 천재라 일컫는 그런
사람에게만 이 일이 허락되는 게 아니냐는 의미의 질문이다.
물론 나는 단호히 고개를 젓는다. 만약 재능이라는 게 있다면
그건 바로 소설에 대한 열정을 잃지 않는 능력이라고 답한다.
그러나 깊은 밤 홀로 원고지 앞에 앉아 한 줄의 글도 쓰지 못한
채 흐르는 시간을 붙잡지도 못한 채 어두운 세상으로 눈길을
돌리노라면 과연 내게 재능이라는 게 있는지 재능도 없는 주제
에 너무 오랫동안 이 일에 매달렸던 건 아닌지 스스로를 돌아
보게 된다. 그런 회의 끝에 찾아오는 건 당연하게도 왜 사느냐,
더 살아 무엇 하느냐, 식의 절망뿐이다. 매일처럼 그렇게 원고

지 앞에서 거의 죽다가 살아난다. 되살아난 이유는 갑자기 영감이 찾아와줘서도 아니고 없던 재능이 샘솟아서도 아니다. 나의 무능력이 애틋해서다. 무능력한 부모를 한 번이라도 원망해본 적 있는 사람이라면, 자신의 무능력 때문에 고통받는 배우자와 자식들 생각에 한 번이라도 스스로를 원망해본 적 있는 사람이라면 알 것이다. 그 무능력한 이가 바로 그들을 그리고 자신을 가장 사랑해주는 사람이라는 걸. 자신의 일에 무능력하다고 해서 누군가를 사랑할 능력마저 없는 건 아니다. 나의 부모는 무능력해서 평생 가난했던가. 아니 당신들은 부유한 자들이 지니지 못한, 기꺼이 가난하게 살 수 있는 능력을 지녔던 거다. 적어도 그들보다 죄를 덜 짓고 그들보다 덜 탐욕스러웠던 거다. 무능력을 원망하기 전에 사랑할 능력을 잃어버림을 경계하라고 일러주었던 당신들에게 한 번쯤은 이렇게 말해줄 수 있는 용기, 그게 바로 재능이다.

다시 삶과 문학

국민연금 납부재개를 알리는 통지서가 왔다기에 고향의 국민연금공단 지사에 전화를 걸었다. 삼 년 전 납부예외 신청을 할 때는 꾀까다롭지가 않았다. 뭐하세요? 소설가입니다. 결혼하셨어요? 아뇨. 삼 년으로 해드리면 되죠? 네, 고맙습니다. 이게 끝이었다. 그런데 이번에는 담당직원이 호락호락 봐주지를 않았다. 마음이 급해진 나는 소설가가 얼마나 비루먹은 종자인지, 그 비루먹은 종자가 생계능력 없는 노부모를 부양하는 일이 얼마나 각다분한지 따위를 설명하느라 하지 않아도 좋을 말까지 했고 전화를 끊은 뒤에는 급기야 자괴감이 밀려왔다. 너무 비굴하게 굴었던 게 아닌가 싶어서였다. 담당자가 원래 소설가를 괜찮은 종자들로 생각했는데 나 때문에 견해를 바꾸었을까봐 걱정도 되었다. 그러고 나서 고(故) 최고은 작가 사연을 알게 되었다. 전세금 천오백만 원짜리 반지하방 보일러가 이번 겨울에만 세 번이나 터졌다던 후배 희곡작가 생각도 났고 나 역시 이번 겨울 보일러 점검비용 만 원을 집주인에게 청구했다가 사기꾼 취급받아 억울했던 일도 생각이 났다. 우울한 나날을 보내는데 시인 친구에게 전화가 왔다. 다짜고짜 녀석은 말하기를, 쌀 떨어지면 꼭 전화해. 고맙다, 친구야. 감히 시인 주제에 소설가를 걱정해주다니. 직장도 없는 시인이(이런 이유만으로도 시인은 존경받아 마땅하다). 그래도 나는 밥은 굶지 않는데, 국가가 국민연금 내지 않아도 괜찮다고 배려도 해주는데, 월세도 안 밀렸는데. 오타수 무안타. 지금까지 다섯 권의 소설을 썼다. 그래도 그 어느 때보다 소설이 쓰고 싶은 시간이다. 그이가 쓰고 싶었으나 미처 쓰지 못한 채 남겨두었을 시나리오들이 사무치는 시간이므로. 오늘 이 시간이 그이가 그토록 살고 싶었을 내일이므로.

긍정적인 밥

많은 분들의 배려로 어느 창작촌에 장기 입주를 했다가 퇴촌할 때가 되어 방을 구하려다보니 새삼 내가 하층민이라는 게 실감되었다. 더는 얹혀살 곳도 없고 여름 한 철만이라도 어머니 밥을 얻어먹으며 지내보자 싶어 고향에 내려갔다. 경험으로 알지만 어머니가 해주시는 밥이 보약이다. 때는 장마 즈음이었고 고향의 들판은 복분자를 수확하느라 일손들이 머리를 맞대다시피 모닥모닥 들러붙은 걸 쉽게 볼 수 있었다. 장마가 본격적으로 시작되면 손톱만한 복분자가 속절없이 떨어지고 말 것이므로 밭임자들은 속깨나 보깨는 날들인 것이다. 밭임자만 그럴까. 일손들 역시 재촉하는 주인 속을 모른 체할 수도 없고 그보다는 까맣게 영그는 복분자가 썩어 뭉개지는 꼴을 두고 볼 수 없는 타고난 농사꾼다운 바지런함 때문에라도 절로 손길이 바빠질 수밖에 없었다. 이러나저러나 하루 품삯은 변함없건만 고된 하루들이 계속되는 거였다. 아니나 다를까. 그 보약 같은 밥을 제대로 얻어먹지 못한 나는 괜히 심통이 나서 새벽에 나갔다가 해 저물어 돌아오는 어머니에게 돈 많이 벌어다드릴 테니 고만 좀 허고 쉬세요, 라는 말은 차마 하지 못하고 대체 품삯이 얼만데 기를 쓰고 다니세요, 하고 말았다. 어머니는 작년까지만 해도 사만 원이었는데 올해는 오만 원씩을 준다며 환히 웃으시는 거였다. 그 순간 소설 나부랭이 쓴다고 폼 잡으며 허송세월한 덕분에 허옇고 투실투실한 내 손가락이 열없어지는 거였다. 원고지 매당 만 원이 아니라 오천 원짜리라도 감지덕지 받아들이는 나이긴 하지만 뙤약볕 아래 고된 노동을 평생 달고 사는 어머니에 비할까. 함민복 시인이 「긍정적인 밥」에서 이렇게 말했던가. '시 한 편에 삼만 원이면/ 너무 박하다 싶다가도/ 쌀이 두 말인데 생각하면/ 금방 마음이 따뜻한 밥이 되네'. 긍정적으로 살기 되게 어렵다.

185

삶의 미학

소설에서 미(美)란 E. M. 포스터의 말을 빌리자면, 소설가가 자신의 소설에서 달성하지 않으면 실패하는 그 무엇인 동시에 소설가가 추구해서는 안 되는 것이기도 하다. 추구하지 않으면서도 이루어야 하는 것, 그게 바로 소설의 아름다움이다. 소설이 어떤 방식으로든 현실을 반영하는 게 사실이라면 삶의 미 또한 그런 방식으로 존재하는 게 아닐까 추측해볼 수 있다. 실제로 우리는 살아가면서 그런 방식으로 미를 체험한다. 스스로를 아름답다고 주장하지 않아도 그이가 아름다운 사람이라는 걸, 스스로 아름다움을 추구한다고 말하지 않아도 그이가 아름다운 사람이 되고 싶어한다는 걸 우리는 알지 않던가.

우리의 혀는 우리가 짐작하는 것보다 자주 우리의 진심을 왜

곡한다. 말로 표현된 것들이 그 말을 내뱉은 사람의 뜻을 고스란히 담는다고 믿을 수 없다. 말은 늘 침묵을 동반하기 때문이다. 쉬지 않고 말할 수 있는 사람은 없다. 말하는 도중에 우리는 무형의 구두점을 사용한다. 쉼표와 느낌표와 물음표 그리고 말줄임표까지 우리의 말과 함께 움직인다. 잠시 숨을 고를 때이거나 억양이 달라졌을 때이거나 그런 순간 우리는 눈에 보이지 않는 구두점을 사용하는 것이나 다름없다. 그 짧은 침묵의 순간 역시 하나의 말이다. 그러므로 어떤 말을 해석할 때는 이 침묵을 고려해야 한다. 삶도 그와 닮은꼴이다. 우리는 시간을 거슬러 살지 않는다. 시간은 마치 우리의 심장처럼 멈추지 않으며 우리의 혈관 속 피처럼 끊임없이 흐른다. 그러나 우리는 가끔 스스로도 눈치채지 못한 채 하늘을 올려다보기 위해 잠시 걸음을 멈추기도 하고 바닥에 떨어진 낙엽을 줍기 위해 무릎을 굽히기도 한다. 삶은 이 멈춤과 침묵 없이 해석될 수 없다. 멈추고도 멈추지 않는 것 흐르고도 흐르지 않는 것. 우리의 삶은 처음부터 아름다운 그 무엇이다.

소설가로 살기

최근에 어느 노소설가를 찾아가 만난 적이 있다. 파킨슨병을 앓아 거동이 불편하지만 짐작했던 것보다 정정했으며 가끔 이 야기의 주제를 벗어나기는 했지만 달변이라 해도 좋을 만큼 대화를 술술 이끌어갔다. 평소에 흠모하던 소설가였기에 나는 최대한 예의바르게 굴려고 노력했으며 그이의 말 한마디도 놓치지 않기 위해 신경을 바짝 곤두세웠다. 아흔 살 노령에도 불구하고 노소설가의 눈빛이 어느 젊은이 못지않게 형형했던 탓에 외려 내가 고비늙은 듯한 기분이 들 정도였다. 이런 만남에서 나 같은 처지의 대담자가 던지는 질문이란 상투적일 수밖에 없는 모양이다. 그래서 나 역시 젊은 소설가에게 꼭 들려주고 싶은 이야기가 무엇이냐는 질문을 했고 그이는 망설임도 없이 단호하게 대답했다. 자본주의에 굴복하지 말라. 그뒤로도 비슷한 의미의 말들을 했으련만 내 귀에는 아무 소리도 들려오지 않았다. 가슴 깊은 곳에서 수치가 솟았고 스스로를 정당화하기 위한 가련한 노력을 포기할 수 없었던 탓에 대체 자본주의에 굴복하지 않는다는 건 구체적으로 어떤 것이냐고 묻고 싶은 걸 간신히 참았다. 내가 되묻지 못한 건 대답을 이미 알아서이거나 혹은 알아도 소용없음을 자인했기 때문일지도 모른다. 돌아오는 길은 내내 서러웠다. 내가 만약 죽지 않고 저 나이에 이르렀을 때 이런 말을 단호하게 할 수 있는 사람이 될 거라는 자신이 없어서였고 그런 스스로가 안쓰러워서였다. 자본주의에 굴복하지 않는 게 구체적으로 어떤 건지 말해줄 수 있는 사람이란 없을지도 모른다. 그러나 적어도 아흔 살에 이르러서도 신념을 굽히지 않는 소설가를 보며 느낀 게 있다면 이따금 타협하고 이따금 저항한다면 이미 굴복한 것이나 마찬가지가 아닐까, 라는 것이었다.

눈먼 자들의 도시

며칠 전 포르투갈의 소설가 주제 사라마구가 세상을 떠났다. 다정한 사람 하나를 잃은 듯한 기분이었다. 그는 여러 가지 면에서 경이적인 사람이었다. 그의 성 사라마구에도 사연이 있다. 그는 원래 소우자라는 집안의 성을 물려받아야 했다. 하지만 출생신고 때 누군가의 실수로 사라마구라는 성을 갖게 되었다. 사라마구란 그의 고향사람들이 구황식물로 애용하던 십자화과의 풀을 일컫는다. 얼마나 찢어지게 가난한 집안이었기에 그런 성을 갖게 되었을까. 그는 흔히 하는 말로 대기만성이었다. 스물여섯에 첫 소설을 썼지만 주목을 받지 못했다. 그에게는 무척 절망적인 상황이었을 테다. 용접공, 제철공, 막노동꾼으로 힘겹게 생계를 이어온 청년에게는 더더욱. 그의 이력을

다 몰라도 짐작할 수 있다. 용접을 하다 불똥에 덴 투박한 손으로 침침한 눈을 비벼가며 소설을 썼을 청년 사라마구를. 포르투갈 공산당에 입당하여 반독재 투쟁에 청장년기를 고스란히 바쳤던 그가 문학적으로 세상의 빛을 보게 된 건 예순이 다 되어서였다. 이쯤이면 대기만성이 아니라 새로운 단어를 고안해내야 할 듯하다. 그의 고난은 끝나지 않아 인간 예수의 고뇌를 그린 소설로 자신의 조국에서 쫓겨나다시피 떠나기도 했다. 그리고 죽는 그날까지 돌아가지 못했다. 그는 노벨문학상을 수상한 작가들이 언론의 주목을 받으며 국제영화제 전야제 따위나 쫓아다닐 때 멕시코 사파티스타 민족해방군 앞에 섰다. 그는 누구보다 사랑했으나 이미 경직된 공산당과 결별하고 진정한 가치를 찾아 떠날 줄 아는 용기를 보여주기도 했다. 그는 자유롭고 강인한 영혼을 지닌 사람이었다. 그가 꿈꾸었던 눈뜬 자들의 도시는 아직 도래하지 않았으나 우리는 그가 보여준 덕분에 우리가 사는 도시가 눈먼 자들의 도시라는 걸 안다. 그것으로 족하다. 그가 눈을 감았으니 이제는 우리가 눈을 뜰 차례다.

왜 사냐건

나는 종종 글쓰기의 불안을 토로하는 사람들을 만난다. 과연 글로 먹고살 수 있을지, 좋은 글을 쓸 수 있을지, 이쯤에서 포기하고 생계를 위해 다른 직업을 갖는 게 좋지 않을지. 그러면 그이를 와락 껴안고 이렇게 중얼거리고 싶어진다. 나도 그래요. 더 솔직히 말하자면 이제 다른 일을 하기에는 너무 늦었다는 생각이 불러일으키는 불안감이 훨씬 크다. 쓸쓸한 죽음을 전하는 부고를 만나면 내 죽음을 알리는 부고 역시 그와 별로 다르지 않을 듯해 그냥 지나쳐지지가 않는다. 게다가 나는 고상한 녀석은 못 되는지라 부당한 방식으로 명예를 획득한 소설가를, 유능한 통속 소설가를 부러워하지 않은 적이 없다. 그 욕망 때문에 또한 괴롭다. 그러면 오에 겐자부로가 자신의 소설에서 한 장의 제목으로 사용하기도 했던 사르트르의 다음과 같은 글을 곱씹는다. '절망 속에서 죽는다. 제군들은 지금도 이 말의 의미를 이해할 수 있을까. 그것은 결코 그냥 죽는 일이 아니다. 그것은 태어난 것을 후회하면서, 치욕과 증오와 공포 속에서 죽는 일이라고 말해야 하지 않을까.' 이 세상에 태어나길 원하지 않았으나 태어나 눈을 뜨고 돌아보니 사방이 적막강산이다. 고요하고 어두운 저곳에 짐승 같은 눈빛들이 번쩍이며 그게 바로 나의 미래라는 걸 깨닫는 순간 삶이 무의미하게 여겨진다. 그럼에도 불구하고 살고자 하는 의지가 샘솟는다. 생명이 있는 한 왜 내가 이 세상에 태어났는지 알고자 하는 욕구도 멈추지 않는다. 의문은 풀리지 않고 자의에 의해서든 타의에 의해서든 이 세상을 떠나는 순간 치욕과 증오와 공포라는 동반자를 만난다. 태어난 것을 후회하면서 떠나는 자들. 그들의 뒤를 한 시대가 뒤따른다. 세상이 가르쳐준 욕망을 실현하려는 헛된 노력 끝에 절망 속에서 하나둘 죽어간다.

작가와 작품

전기주의적 비평이란 작가의 삶을 알면 그의 작품 또한 알 수 있다는 입장에 선 비평을 일컫는다. 오늘날 전기주의적 비평은 극복된 것처럼 여겨진다. 말하자면 작가와 작품을 따로 떼어놓고 생각하는 태도가 일반적이라는 뜻이다. 나 역시 그런 견해에 동의한다. 작가의 인물 됨됨이와 그의 작품이 대체 무슨 상관이란 말인가. 위대한 작가는 작품 덕분에 그렇게 된 것이지 그의 인격 덕분에 그렇게 된 게 아니잖은가. 아무리 생각해도 이런 태도가 옳은 듯하다. 그럼에도 불구하고 나는 여전히 작품에 비치는 작가의 그림자를 못 본 척할 수가 없다. 서정주의 시를 읽는 일은 괴롭다. 심오한 정서가 묻어나는 순정한 낱말 뒤에 감춰진 뒤틀린 욕망이 눈에 밟혀서다. 부르주아 작가들이 쓴 글을 읽으면 내 감각은 더 섬세하게 반응한다. 글만 읽어도 이 작가가 어떤 사회적 계층에 속하는지 알 수 있어서다. 신경림 시인의 「가난한 사랑 노래」는 시인이 수배자의 비밀결혼식 주례를 맡았을 때 축의금 대신 헌사한 시이다. 널리 알려진 사연일 텐데 나는 대학 시절 강의실에서 시인의 입을 통해서야 알았다. 그때부터 내게 그 시는 단순한 사랑노래가 아니었다. 시가 쓰인 순간 시인을 둘러싼 고독과 시가 낭송되던 순간의 열기와 떨림마저 늘 함께했다. 그 시에서 나는 신경림이라는 시인의 그림자를 걷어낼 수가 없다. 여전히 나는 작가와 작품을 오롯이 분리해내지 못한다. 그런 이유로 나는 오늘도 내 사유와 감각의 얕음보다는 나라는 인간의 됨됨이가 얼마나 부족한지를 돌아보지 않을 수 없다. 내 글이 못난 건 창작방법의 한계 때문이거나 부르주아가 아니어서거나 문학을 사랑하지 않아서가 아니라 오로지 내가 못된 녀석이기 때문이다.

창조적 오독

어느 시인과 소설가 사이에서 생겨난 일화가 있다. 사실인지 누가 꾸며낸 이야기인지 알 수 없으나 내용은 이렇다. 어느 날 소설가가 자신이 쓴 시를 시인에게 낭송해주었다. 시의 마지막 행은 '문둥이도 꽃이 피면 아프다'였다. 시인이 가만히 듣자니 그럴싸했고 소설가의 문재를 인정하지 않을 수 없었다. 나중에 소설가가 쓴 시를 보니 시인이 감탄했던 그 문장은 실은 '문둥이도 꼬집히면 아프다'였다. '꼬집히면'을 '꽃이 피면'으로 오해한 이유는 아마도 시인의 감성 탓이겠지만 이런 오해는 얼마쯤 창조적이라고 해도 무방할 듯하다. 나도 종종 오독을 한다. 책을 읽다보면 주의가 흐트러지는 순간도 있고 읽고 있는 문장을 곱씹느라 맥락을 놓치는 경우도 있다. 어느 날인가는 '그는 너무 인간이다'라는 문장을 읽고 멍해지기도 했다. 문법에 어긋나는 문장이 우선 눈에 거슬리기도 했지만 차츰 활자들이 커지면서 이런 진술은 이처럼 비문을 통해서 표현될 때에만 그 의미가 명확해지는 게 아닐까, 라는 생각이 드는 것이었다. 나중에 다시 들여다보니 '그는 너무 인간적이다'라는 평범한 문장이었다. 하지만 나는 이 오독에서 사유를 시작할 수 있었고 내 소설의 한 장면으로 사용할 수 있었다. 한 사람에게 인간적이라는 형질을 부여할 수 있으려면 '인간적'이라는 말을 넘어설 수 있어야 한다. 인간적이라는 건 '인간적'이라는 말로 다 담아낼 수 없는 그 무엇이기 때문이다. 인간을 규정하기 어려운 것처럼 인간적이라는 특징을 드러내는 것 또한 어렵다. 하지만 가끔은 오해와 오독이 지금까지의 이해와 정독을 뛰어넘는 창조적인 일이 되기도 한다. 아니 어쩌면 기꺼이 오독할 수 있을 때 상대를 더 잘 이해할 수 있는지도 모른다.

천국보다 아름다운 지옥

글을 잘 쓰려면 다독, 다작, 다상량, 이 세 가지를 해야 한다는 말을 귀에 못이 박히도록 들었을 뿐만 아니라 이제는 그 말을 입에 달고 산다. 그 가운데 다독을 말하자면 우선 고전읽기의 중요성을 빼놓을 수 없다. 한데 애석하게도 지금 우리에게 고전이란 한 마디로 소문으로 아는 작품에 지나지 않는다. 돈키호테가 누구인지 모르는 이는 없을 것이나 완역본『돈키호테』를 읽은 이는 드물 것이다. 마찬가지로 손오공과 세헤라자데는 알지만 완역본『서유기』와『천일야화』를 읽은 적은 없을 것이다. 소문으로 아는 고전은 나의 것이 아니다. 내가 직접 읽고 느끼고 상상하고 곱씹지 않으면 아무것도 읽지 않은 것이나 마찬가지다. 영영 왜『돈키호테』가 위대한 작품인지 알 수가 없게 된다. 그런 이유로 나는 여태도 고전읽기를 그칠 수가 없는데 겨우 두 해 전에 읽었던 마크 트웨인의 『허클베리 핀의 모험』 역시 내게 새로운 의미로 다가왔다. 어린 시절 이 소설을 각색한 만화영화를 시청했던지라 내용은 대충 알았지만 직접 읽은 소설은 무척이나 경이로웠다. 특히 나는 주인공 허클베리가 도망 노예인 짐을 고발하는 편지를 썼다가 찢으면서 다짐하듯 중얼거렸던 장면에서 오에 겐자부로가 그랬듯이 나 역시 감동을 받았다. 어른들에게 늘 도망 노예를 발견하면 고발해야 한다는 훈계를 들었고 그러지 않으면 지옥에 간다는 협박을 받았던 소년은 겁이 났다. 하지만 친구가 된 짐을 허클베리는 고발할 수가 없었다. 편지를 찢은 소년은 악동답게 말한다. '그럼 좋다. 나는 지옥에 가겠다.' 나는 만약 정말 천국이라는 곳이 있으며 그곳에 저 더러운 교회지도자들이 먼저 웅크리고 있는 게 사실이라면, 그런 천국보다는 차라리 허클베리가 뛰노는 지옥에 가고 싶다. 인간의 역사는 아직 끝나지 않았다. 인간성에 대적한 종교치고 오래가는 종교는 없다.

포퓰리즘

오래전부터 한국문학계에서는 근대적인 의미의 문학이 지금도 존재하는지 혹은 그런 것은 사라졌고 이미 전혀 다른 형태의 문학이 등장한 건 아닌지를 두고 논란이 있었다. 가라타니 고 진의 「근대문학의 종언」이라는 논문이 우리에게 소개된 뒤의 일이다. 돌아보면 그 이전에도 이와 비슷한 논쟁은 있었다. 어떤 입장을 취하든 문학은 사라지지 않는다는 보편적인 믿음에 기반을 두었다는 점에서는 동일하다. 그러므로 입장 차이는 오늘날 문학의 기능에 대한 견해쯤에서 생겨나는 듯하다. 나로서는 문학이 문학만이 할 수 있는 일을 방기한다면 더는 문학으로 존재할 수 없다고 생각하기에 이미 근대적인 의미의 문학은 사라졌다고 보는 게 옳다는 견해에 기울어진다. 표현매체가 문자라는 점만 제외하면 문학은 영화, 드라마, 광고와 전혀 다르지 않으며 대중적인 영향력은 점점 더 쇠퇴하는 중이다. 이런 추세라면 문자를 표현수단으로 사용한다는 문학만의 특권도 박탈당할 날이 곧 다가올 듯하다. 문학이 사라지는 건 전혀 두렵지 않다. 그래도 삶은 이어질 테고 어떤 방식으로든 사람들은 새로운 예술을 창조해낼 테니까. 그러므로 문학이 사느냐 죽느냐는 별로 중요하지 않다. 중요한 건 문학의 후계자라 자처하는 새로운 형태의 예술에서도 그 예술의 기능이 여전히 문제시될 것이라는 점이다. 우리가 이미 포기한 기능, 문학만이 할 수 있는 일을 포기한 것과 마찬가지로 그 예술 역시 자신만이 할 수 있는 일을 포기해야 하는 순간이 올 것이다. 그와 마찬가지로 포퓰리즘도 후계자를 통해 언제나 살아남겠지만 여전히 중요한 건 우리가 이미 포기한 질문, 즉 대중과 영합할 것이냐 민중과 영합할 것이냐에서 무엇을 선택하느냐의 문제일 것이다.

시와 소설

소설을 잘 쓰려면 어떻게 해야 하느냐는 질문에 좋은 시를 많이 읽으라고 조언하면 대부분 처음에는 고개를 갸웃 기울인다. 시와 소설이 남남이 된 지 오래고 둘 사이에 별 공통점을 찾을 수 없으니 그런 반응도 당연할지 모른다. 하지만 소설이 언어를 다루는 한에서는 여전히 시와 떼려야 뗄 수 없는 관계를 맺는다고 할 수 있다. 시인은 언어에 모독을 가해도 되는 유일하게 공인된 말놀이꾼이며 단 하나의 문장을 위해 온 생을 투자할 수 있는 가장 무모한 사람들이기 때문이다.

그러나 때때로 누군가 내게 구체적으로 어떤 시가 좋은 시인지 소설쓰기에 도움이 될 만한 시의 목록이 무엇인지를 물으면 머뭇거리게 된다. 오늘날의 한국 현대시처럼 세련되고 정교한 언어를 구사하는 시기가 현대시 초기를 제외하면 달리 찾을 수 없다는 점을 고려할 때 이런 머뭇거림이 나로서도 요령부득이 아닐 수가 없다. 그러나 또한 나는 내가 왜 주저할 수밖에 없는지를 잘 안다. 생활의 양상이 바뀌었다 해도 근본적인 관계의 양상이 바뀌지 않았다면 인간의 고통은 지속적으로 가중되는 것이지 다른 무엇으로 탈바꿈하는 게 아니다. 동시대의 많은 시들에서 시대를 앞서가려는 욕망은 엿볼 수 있지만 시대와 더불어 순교하려는 욕망은 좀처럼 찾지 못했으므로 나 또한 섣불리 조언할 수가 없는 것이다. 그럼에도 이따금 가슴을 울리는 시를 만나게 되면 왜 숱한 시인들이 멀쩡한 나라를 내버려둔 채 자신들만의 공화국으로 이주했는지를 깨달은 듯한 기분이된다. 시대를 앞서가려는 욕망이야 탓할 게 없겠지만 그런 흔한 시인들은 말고 자신이 사는 시대와 하나가 되어 그 시대가 몰락할 때 더불어서 장엄하게 몰락할 줄도 알았던 순정한 시인들이 유독 그리운 것도 그런 이유인 듯하다.

우리 시대 시인

시인인 선배가 동창 모임에 갔다. 문학동아리를 함께 했던 친구들과 만난 자리였다. 한 마디로 그들 모두 한때는 문청이었다. 성인이 되어 갖는 동창 모임이란 묘한 구석이 있게 마련이다. 서로의 얼굴에서 옛 흔적을 찾으려고 노력하면서도 지나온 세월의 간극을 쉬이 인정하지 못하는 경계심 같은 것들 말이다. 선배도 그런 친밀함과 낯섦을 동시에 느끼면서 모임에 섞여들어갔다. 으레 그렇듯 누군가 선배에게 뭐하느냐고 물었던 모양이다. 동창들의 시선이 선배에게 쏠렸다. 선배가 시인이라고 답하자 그이는 보일 듯 말 듯 고개를 주억거리더니 더는 묻지 않았다. 다른 이들도 마찬가지였다. 어떤 이는 끌탕을 하듯 혀를 차기도 했다. 모임이 무르익었을 무렵 무협소설 작가가 뒤늦게 도착했다. 선배의 동창들은 환호하며 작가를 맞이했다. 수입은 얼마나 되느냐 책은 잘 나가느냐 등등 장풍 같은 질문이 무협 작가에게 쏟아졌다. 질문세례가 한바탕 지나간 뒤 누군가 선배에게 뭘 해먹고 사느냐고 조용히 물었다. 선배는 대학 강사라고 답했다. 나지막이 대답했는데 어떻게 알아들었는지 좌중의 시선이 선배에게 쏠렸다. 여기저기서 환호성과 더불어 질문이 쏟아졌다. 수입은 얼마나 되느냐 언제 교수가 되느냐 등등. 장풍에 얻어맞은 선배는 얼떨떨한 기분이었다. 한때 문청이었던 사람들 사이에서마저 시인보다는 대학 강사라는 직함이 더 흥미로운 화제임을 깨달은 선배는 설명할 수 없는 쓸쓸함을 안고 귀가했다. 나는 귀가하는 선배의 축 처진 어깨를 본다. 과거의 시인들도 그처럼 귀가했을 것만 같다. 설명할 수 없는 쓸쓸함을 품고 자신의 작은 방으로 돌아가 램프 아래 가느다란 손으로 펜을 쥐고 그이들은 인간을 썼다. 다른 누구도 아닌 그이들이.

책 읽는 사람들

밤늦은 시각 지하철은 각별하다. 교외로 향하는 노선이든 도심을 가로지르는 노선이든 거기에는 어떤 공통점이 있다. 귀가의 풍경이랄까. 하루를 성실하게 보냈든 그러지 않았든, 술에 취했든 취하지 않았든 하루를 살아낸 방식의 차이는 있겠지만, 그들 모두 하루치의 삶을 소비했다는 점이 어떤 공통의 풍경을 만들어내는 듯하다. 물론 나도 종종 그 풍경의 일부가 되곤 한다. 때로는 술에 취해, 때로는 말짱한 채로 귀가의 풍경에 섞여들곤 한다.

언제부터였을까. 지하철에서 책 읽는 이들을 만나기란 쉽지 않다. 막차 즈음이라면 더더욱 그렇다. 술에 취해 혹은 잠에 취해 레일의 이음매를 지날 때마다 덜컹이는 전철 바퀴의 진동을 고스란히 받아들이며 귀가하는 이들에게 위로가 되어주는 건, 바로 지금 그들이 귀가하고 있다는 사실밖에 없으리라. 아늑하고 따스한 보금자리가 기다리고 있을지, 일터보다 고단하고 각다분한 현실이 기다리고 있을지 알 수 없으나, 어쨌거나 그 순간만은 귀가(歸家), 그러니까 집으로 돌아가고 있지 않은가. 돌아갈 곳이 있다는 그 원형의 궤적이 지하철이 우리의 삶처럼 전진한다는 사실과 어우러질 때 묘한 시적 심상으로 다가오곤 한다. 사소하지만 지극히 현실적인 미학은 그런 곳에서 탄생한다. 그러기에 깨어 있는 누군가 손전화기로 드라마를 시청하거나, 이어폰을 귀에 꽂고 멍한 시선으로 어둠을 응시하는 등의 귀가 풍경을 이루는 이 모든 것들이 심상하지만은 않다. 거기에 우리 삶의 어떤 원형이 담겨 있는 듯해서다. 그러다 지금은 낯설어진, 책 읽는 사람을 발견하면 괜스레 가슴까지 두근거린다. 그이가 누구인지 알 수 없지만, 일상의 미학에 균열을 일으키는 작은 반란처럼 여겨져서다. 책을 들여다보는 그이의 피로와 술기운으로 발그레해진 얼굴에 고뇌 같은 게 떠오르면, 설령 그 책이 재테크를 다루었거나 처세술을 다루었다 해도 실망스럽지는 않다. 그처럼 책 읽는 사람이야말로 우리가 책에 속한 존재가 아니라 책이 우리에게 속한 것임을 일깨워주기 때문이다.

4부

다정한 편견

희망버스

어린 시절 고향마을에서 시내에 다녀오려면 하루에 대여섯 번 오가는 버스를 이용했다. 겨울에 눈만 내리면 버스는 끊겼다. 고갯길이 많아서였다. 여름 장마철에도 물이 불어 어떤 다리가 잠기기라도 하면 거기가 바로 종점이었다. 어느 해 장마철에 용케 마을까지 들어온 버스를 타고 시내에 가던 날이었다. 지루한 장마 탓인지 버스 안은 눅눅하기 짝이 없었다. 장날이었을 것이다. 싸전에서 돈으로 바꿀 쌀자루를 안은 사람이며 머리만 내놓은 채 보자기로 싼 암탉을 안은 사람도 있었던 걸 보면 말이다. 몇 개의 마을을 지나 버스는 승객으로 가득차게 되었다. 장날 시골 버스답지 않게 불편한 침묵이 흘렀다. 이윽고 버스는 마을 정류장이 아닌데도 멈췄다. 끊긴 다리 아래 임시로 쌓은 둑이 물에 잠겼다. 들어올 때는 괜찮았는데 그사이 물이 불어났던 모양이다. 버스기사는 위험하다고 생각했는지 승객들을 모두 내리게 했다. 누구 하나 불평하지 않고 버스에서 내렸다. 하지만 모두들 버스가 이 개울을 건너지 못하면 어떡하나 근심어린 눈빛이었다. 사람들은 조용히 한숨을 내쉬거나 혀를 찼다. 그때 닭 한 마리가 사람들 머리 위를 붕 날아 저만치에 떨어지더니 활개를 치며 달려가는 게 아닌가. 여기저기서 저 놈 잡으라는 소리가 쏟아졌다. 건장한 사내 대여섯이 한참 숨바꼭질을 한 뒤에야 닭을 잡을 수 있었다. 그러는 동안 사람들은 깔깔대며 장마철의 눅눅한 기운마저 털어버렸다. 버스도 그 풍경에 힘을 얻었던 모양이다. 무사히 개울을 건넌 버스를 타기 위해 사람들도 개울을 건넜다. 바지를 걷어 올린 사람들이 노인과 아이들을 업고 건넜다. 다시 버스에 올랐을 때 버스는 이미 예전의 버스가 아니었다. 예나 지금이나 사람들은 버스에 희망을 승차시키는 방법을 안다.

85호 크레인

어린 시절 나는 해가 지는 줄도 모른 채 동네 친구들과 놀다가
저멀리 집 앞에서 부지깽이를 휘두르며 내 이름을 부르는 어머
니의 성난 목소리를 듣고서야 달음질쳐 집에 돌아가곤 했다.
논길을 달리다 누군가 뒤통수를 잡아채는 듯해 돌아보면 식어
가는 해와 눈이 마주쳤다. 해 질 무렵 벌판에 서본 적이 있다면
알 것이다. 이내가 낀 허공으로 새떼가 날고 귤빛으로 물든 서
쪽 하늘에 마지막 힘을 다해 타오르며 저무는 태양은 어느 때
보다 눈부시다. 내게 저물녘 태양은 딴 세상으로 통하는 문인
것만 같았다. 손을 뻗어 잡으면 하늘에서 똑 떼어낼 수 있을 것
처럼 끄느름한 기운을 뿜어내며 사위어가는 동전만한 태양을
보고 있노라면 어쩌면 세상엔 이 세상 말고도 다른 세상이 있

을 것만 같았다. 그 둥그런 문 너머에 어떤 세상이 있을지 모르지만 어린 내게 어른이 되면 반드시 가보고 싶다는 생각을 갖게 할 만큼 충분히 매혹적이었다. 그러나 지금 나는 그 일이 치명적인 유혹임을 안다. 8년 전 한 노동자가 태양의 문을 열기 위해 85호 크레인에 올랐다가 끝내 목매달아 죽고 말았다. 그리고 지금 누군가 또다시 85호 크레인에 머문다. 동료가 목매달아 죽었던 허공에 허술한 방 한 칸 마련해놓고 이번에는 죽지 않기 위해 산다. 세상에서 가장 높은 곳에 위치한 세상에서 가장 작은 해방구인 그곳에서 그이는 얼마나 자주 저 문을 열어야 할지 말아야 할지 고뇌하며 망설였을까. 내가 올라갔어야 할 그곳에 대신 가준 그이는 얼마나 두려웠을까. 나는 자본가들이 왜 이 세상에 왔는지 아직도 모른다. 나는 여전히 자본주의가 낯설고 무섭다. 그러나 이 세상엔 이 세상 말고도 다른 세상이 분명히 있다. 그들이 오르지 못하는 곳에 85호 크레인에 우리들 마음속에. 영원히 점령되지 않을 영토.

그리운 어른들

오래전 스승인 신경림 시인에게 투정을 부린 적이 있다. 세상
이 막 돌아가는데 어르신들은 대체 뭐하고 계시는 건가요? 시
인은 씁쓸하게 웃으며 말했다. 나는 한 번도 기운 적이 없노라
고. 그냥 내 갈 길을 걸어왔을 따름이라고. 그 말의 의미를 나
는 이렇게 받아들였다. 세상이 왼쪽으로 기울면 그이가 오른쪽
에 있는 것처럼 보일 테고, 세상이 오른쪽으로 기울면 그이가
왼쪽에 있는 것처럼 보일 테다. 돌아보니, 정말 그랬다. 답답할
만큼 침묵을 지키며 문학정신만을 강조한다 여긴 적도 있다.
남들 다 옛일로 치부하며 모르쇠로 일관할 때 뒤늦게 문학인의
양심과 의무를 들고 나오기도 했다. 그래서일까. 자신의 명성
에 흠집이라도 날까봐 대개의 문인들이 한사코 거절했던 불편

한 지면에도 시인은 기꺼이 글을 주었고, 저마다 왼쪽에 서 있는 걸로 여겨질까봐 함구할 때 역시 시인은 변함없이 당신의 견해를 밝혔다.

사람, 생명, 평화의 길을 찾는다는 오체투지 순례단이 서울에 들어왔다. 나를 포함하여 대다수가 무관심으로 일관하고 있는 중에도 당신들은 묵묵히 그 길을 걸어왔다. 어느 시인은 '동요하는 배들은 닻을 내려'야 한다고 말했다. 어른이란 저 높다란 돛대 위에서 폼나게 휘날리는 깃발이 아니다. 가야 할 길을 명징하게 가리키는 선장의 손가락 끝과 같은 지엄한 존재도 아니다. 우리가 흔들릴 때, 닻이 되어주는 존재들이다. 왼쪽이나 오른쪽으로 기울 때마다 그쪽으로 휩쓸려가는 사람이 아니라, 네 갈 길을 가라고, 그 길이 바로 이곳이라고 스스로 닻이 되어 폭풍우 한가운데 정박할 줄 아는 이들이다. 길 위에서 오체투지하여 스스로 길이 되어주는 이들이다. 함석헌이 그렇고 장기려가 그렇고 문익환이 그렇고, 우리 곁에 있을 때나 없을 때나 그 이름을 부르는 순간 그리워지는 바로 그런 사람들이다. 우리가 남겨두고 온, 어느 심해에 여전히 가시처럼 박힌 채 쓸쓸히 녹슬어가는 닻들.

목숨들

나는 군대를 좀 늦게 간 편이었다. 그런 탓에 나이 어린 선임병이 동생처럼 여겨지기도 했다. 이제 겨우 스물 혹은 스물하나의 청춘들이 난생처음 사회에서 격리되어 고독을 견디는 중이었다. 관념적인 고독에 지나지 않으면 좋으련만 그 시절의 고독은 퍽 물리적이었다.

축구를 하다 정강이뼈가 부러져 절름발이가 된 나이 어린 선임병이 있었다. 그는 의병제대를 할 수도 있었지만 사회에서 불이익을 받을 게 두려워 기어이 만기 복무를 한 뒤 제대했다. 절름거리며 연병장을 가로질러 영원히 귀가하는 그의 뒷모습은 무척이나 쓸쓸했다. 그뿐이랴. 식당 앞에서 배식 차례가 오기를 기다리던 선임병은 낡은 현관문이 쓰러지며 덮치는 바람에 팔뚝이 한 꺼풀 벗겨졌다. 나는 피가 뚝뚝 듣는 그의 팔을 붙잡고 함께 의무실로 달려갔다. 숙련되지 못한 의무병이 꿰맨 그의 팔뚝에는 지워지지 않을 흉터가 남았다. 그해 봄 나는 열병을 앓았다. 말라리아 감염 판정을 받고 후송되어 퀴퀴한 격리병실의 침상에 누운 채 빗소리를 듣거나 옆 병실의 정신질환을 앓는 병사들의 뜻 모를 괴성을 들었다. 하루에 한 차례씩 거르지 않고 찾아오던 오한을 견디는 것이 강요에 의한 일인 듯해 쓸쓸하기 그지없었다. 천안함에서 죽어간 마흔여섯의 젊은 영혼들. 그들이 침몰하는 전함의 어둡고 차가운 밀폐된 공간에서 맞닥뜨렸을 공포들이 못내 서럽다. 그래서 나는 궁금하다. 좌초든 피격이든 아군의 실수든 적군의 공격이든, 위난에 처했을 때 병사들의 생명을 지켜줄 안전장치는 있었는지, 격리벽은 제대로 기능을 발휘했는지, 개인 구난장비는 제대로 보급되었는지, 생존을 담보해줄 최소한의 그 무엇이라도 있었는지, 그들의 목숨보다 중요한 게 무엇인지, 그들이 위관급 혹은 영관급이었다 해도 이처럼 속수무책이었을지.

도적의 물은 마시지 않는다

갈불음도천수(渴不飮盜泉水)라 일컫는 공자의 일화가 있다. 어느 날 무척 목이 말랐던 공자는 도천이라는 이름의 샘 근처를 지나가게 되었다. 그러나 공자는 샘에서 물을 떠 마시지 않았다. 도적을 뜻하는 샘의 이름이 마음에 걸렸던 탓이다. 공자는 아무리 목이 말라도 도적이라는 이름이 붙은 샘의 물은 마시지 않겠다고 했으며 그대로 실천했다. 얼마 전 작가들이 나랏돈을 거절하는 것과 동시에 저항의 글쓰기 운동을 펼치겠노라 선언했다. 자유실천문인협의회로 시작하여 민족문학작가회의를 거쳐 한국작가회의로 오늘을 이어가는 대표적인 진보문인단체 회원들의 성명서 내용이 그러했다. 몇 푼의 돈으로 매문할 수 있다는 생각을 여태도 지닌 사람들이 있다는 게 새삼 놀랍지는 않다. 실제로 매문하는 이들이 있다보니 그이들도 만만하게 보였던 것이리라. 어차피 나랏돈이라는 것도 국민의 세금이니 누가 주든 무슨 조건을 달든 잘 받아서 좋은 글 쓰고 작가들의 활동에 보탬이 되도록 하는 게 좋은 거 아니냐고 하실 분들도 있을 게다. 그러나 공자의 일화를 떠올려보자. 그 샘물이 도적질한 샘물도 아닐 터이며 도둑이 지키고 앉아 소유권을 주장하는 샘물도 아닐 터이다. 그 샘물을 마신다고 해서 도적이 되는 것도 아니며 그런 행위가 도적질을 뜻하지도 않는다. 그런 사실을 공자라고 몰랐을까. 그런데 오늘날의 도적질이란 공자가 살던 시대보다 은밀하다. 입성이 허름한 도둑보다 잘살고 반듯한 도둑이 더 많다. 뒷주머니에서 슬쩍하는 도둑보다 드러내놓고 대담하고도 거창하게 도둑질하는 자들이 더 많다. 그래서 더욱 은밀하다. 도둑이 뻔해 보이는데 무척이나 뻔뻔해서 도둑이라고 손가락질할 자신이 없게끔 하니 말이다. 작가들은 현명하게도 돈을 받지 않은 것뿐이다. 혹시 도둑인지도 모르니까.

두려워해라

전쟁이 두렵지 않다는 사람이 있다. 전쟁을 이종격투기쯤으로 치부한다면 그럴 수도 있겠다. 홀로 링에 올라 홀로 상대와 맞서 싸우는 사람이 두렵다고 하든 두렵지 않다고 하든 그건 철저하게 그 혼자만의 문제이다. 하지만 전쟁은 혼자 하는 게 아니다.(전쟁을 당신 혼자 치른다면 나 역시 모른 척해줄 수 있다. 당신이 전쟁광이든 아니든 그건 당신의 문제이므로) 그러므로 누군가 전쟁이 두렵지 않다고 말한다 해서 그는 퍽 용감한 사람이구나 하며 고개를 끄덕일 수가 없다. 전쟁이 두렵지 않다면 지금 당장 당신의 집에서 가장 가까운 초등학교에 가보길 권한다. 거기 운동장에서 뛰어다니는 아이들이 당신 같은 이들이 쏘아 보낸 포탄에 맞아 죽게 될 것이다. 포탄에 맞지 않는다면 굶어죽을 것이다. 오, 그저 공포에 질려 죽을 수도 있다. 그래도 모르겠다면 그 옆 중고등학교를 가보라. 푸르른 저 여학생들은 컴컴한 공장에 앉아 탄환을 만들게 될 테고 남학생들은 학도군 따위로 끌려가게 될 것이다. 그렇게 가버린 아이들을 다시 볼 수 없게 될 것이다. 그래도 두렵지 않다면 경복궁 경회루에 올라보라. 당신 같은 이들이 떨어뜨린 폭탄에 무너질 것이므로. 그대 다시는 오랜 세월의 흔적이 배인 결 고운 기둥을 쓰다듬지 못하리라. 가족이 뿔뿔이 흩어지고 순식간에 부모를 잃은 고아들과 아이를 잃은 부모들이 생겨날 것이다. 자신의 집에 두툼한 지하벙커를 마련한 자들조차 언젠가는 전쟁의 고통을 느끼게 될 것이다. 겁쟁이라는 비난이 두려운가. 그러나 전쟁을 두려워하는 사람이야말로 아름다운 겁쟁이다. 전쟁을 두려워하지 않는 자야말로 비열하게 용감한 자다. 전쟁위협으로 사람들을 공포에 몰아넣고 권좌를 유지하는 자들. 군림하고 지배하려는 자들. 그들을 공포에 떨게 할 수 있는 방법은 단 하나. 바로 오늘 이 순간이다.

가정맹어호

좋은 글을 읽으면 눈을 감아도 그 글이 떠오른다. 문학도 일종의 각인이다. 읽는 이의 심장에 한번 새겨지면 쉬이 지워지지 않는다. 생을 두고 우리 안에 거주한다. 그러나 세상에 영원한 것은 없다. 제아무리 커다란 바위에 더없이 깊숙하게 문장을 새긴다 해도 세월이 흐르면 마모되어 종내는 무엇을 새겼는지 알 수 없게 된다. 세월 앞에서는 이처럼 모든 게 속절없다. 하지만 또한 이것을 영원토록 새기는 방법이 전혀 없는 건 아니다. 그건 바로 끝없이 다른 이의 심장으로 옮겨 적는 것이다. 그러므로 좋은 글은 세월이 흘러도 사라지지 않는다. 세대를 이어 인류가 절멸하는 순간까지 저마다의 심장에서 심장으로 옮아갈 것이므로.

불멸하는 문장들은 저마다의 곡절이 있다. 그것이 인간 본성을 일깨우기에 혹은 세계와 우주의 비밀을 담았기에 혹은 여전히 우리에게도 중요한 것들을 질문하기에. 백운거사 이규보 선생이 어느 지인에게 준 시 가운데 다음과 같은 구절이 있다. "그대 다음날 벼슬하여/ 간할 자리에 서거든/ 잊지 말게 내 시 속에/ 산에 들에 차나무 모조리 불태워/ 남방의 백성들 차를 따서/ 어깨로 져 날라 세금을 바치는/ 이런 제도는 없애도록 하게." 이런 게 진정한 청탁이다. 또한 다산 정약용 선생은 "조정의 법령이 내려왔는데 백성들이 좋아하지 않아서 봉행할 수 없다면 병을 핑계삼아서라도 벼슬을 그만두어야 한다"고 했다. 더불어 "형벌은 백성을 바로잡는 일 가운데 가장 저급한 수단이다. 목민관이 스스로를 단속하고 법을 엄정하게 받들면 백성이 죄를 범하지 않을 것이고 또한 형벌을 쓰지 않더라도 좋을 것이다"라고 했다. 이런 문장들에 주석을 붙인들 무슨 소용이 있을까. 새삼 뜻을 헤아리지 않아도 우리 모두 잘 알지 않던가. 가혹한 정치는 호랑이보다 무섭다는 사실을.

농민은 아니겠지

어린 시절 고향마을에는 집집마다 고향말로 칫간이라 부르던 헛간이 있었다. 칫간은 아궁이에서 긁어낸 재를 모아두는 곳이었는데 농기구를 보관하기도 하는 다용도 공간이었다. 환한 대낮에는 아무데나 오줌을 눌 수 없었다. 누가 보더라도 그건 몹쓸 짓이었다. 저 집 자식은 오줌을 아무 데나 누네. 그건 곧 버르장머리 없는 녀석이라는 뜻이었다. 그래서 오줌보가 터질 지경이 되더라도 칫간으로 달려가 잿더미에 대고 누어야 했다. 거름으로 쓸 잿더미를 기름지게 할 오줌이었으니 말이다. 이처럼 오줌 한 방울도 허투루 여기지 않던 농사꾼들인지라 똥은 두말할 것도 없었다. 알뜰한 또래 녀석들은 학교 다니는 길가에서 눈 똥마저 싸들고 집에 가기도 했다. 나도 무던히 개를 쫓아야 했다. 코를 쥐게 하고 구역질을 불러일으키는 오줌과 똥이 농토에 이롭다는 사실은 어쩐지 사람이 쓸모없는 존재만은 아니라는 걸, 자연에 속한 존재라는 걸 말없이 웅변하는 것으로 여겨지기도 했다. 봄이 오면 저마다 손수레나 경운기에 혹은 옛적 그대로 똥장군에 집안의 똥오줌을 밑바닥이 보이도록 긁어 담아 고샅과 신작로에 걸쭉한 흔적들을 남기며 밭으로 가 흩뿌렸다. 그런 날이면 온 동네에 구린내가 등천했다. 흙에 목숨줄을 대고 살지 않는다면 견디기 힘든 일이었으리라. 그러나 또한 그처럼 인분을 뿌리는 농민들치고 한 생에 달관한 듯한 숭고미를 지니지 않은 사람이 없었다. 얼마 전 누군가 노무현 전 대통령의 묘역에 인분을 흩뿌렸다고 한다. 나로서는 믿을 수가 없다. 적개심을 지닌 채 똥을 흩뿌릴 수도 있다는 걸. 그는 농민은 아닐 것이다. 농민이라면 그가 진보이거나 보수이거나 전라도거나 경상도거나 함부로 똥을 다루지는 않을 테니. 어린아이에게 숟가락으로 밥을 먹여주듯 저 농토에 인분을 떠먹이는 농민일 수는 없을 게다.

푼수 선생님

푼수라는 별명으로 불린 적이 있다. 중학생 시절이었다. 막 부임한 젊은 도덕 선생님의 별명이 그러했는데, 그 선생님과 내가 죽이 맞는다고 친구들이 내게도 같은 별명을 붙였다. 선생님과 나는 그 별명을 기꺼이 받아들였다. (적어도 나는 그랬다. 그때까지의 별명이었던 방귀쟁이를 벗어날 수 있었으니 말이다.) 믿거나 말거나지만, 여학생 반에서 매달 인기투표를 했는데 그때마다 두 푼수가 일등 자리를 놓고 다투었다는 후문도 있다. 그즈음이었다. 선생님이 과연 노동자냐 아니냐는 논쟁이 불거졌던 게. 지금 생각해보면 별 게 아니지만, 선생님들이 스스로를 노동자라 선언하는 순간 빨갱이 취급을 받던 시절이었음을 고려할 때, 그건 퍽 중요한 문제였다. 한가로운 시골 중학교에

납덩이보다 무겁고 콜타르보다 끈적이는 불쾌한 침묵이 똬리를 틀었다. 교정을 지나는 한줄기 무심한 바람조차 서슬이 시퍼렜고, 운동장에서 피어오른 먼지는 기이하게도 최루성이었다. 깃대에서 국기가 소리 없이 펄럭였고 햇살은 종작없이 위인들의 동상에서 미끄러졌다. 폭풍우가 몰아쳤더라면 그런 심사가 덜했을지도 모른다. 그러나 사람은 때때로, 눈부시게 맑은 날 외려 더 큰 슬픔을 느끼기도 하는 법이다. 평소 스스럼없던 도덕 선생님이 과묵해졌다. 스승은 노동자가 되어서는 안 되냐고 여쭈었다. 선생님의 안절부절못하던 눈빛을 스무 해 저쪽의 일이건만 여태도 기억한다. 하필이면 왜 그 선생님은 도덕 선생님이었을까. 선생님도 노동자라고 말할 수 없었던, 스스로를 기만하며 변명을 늘어놓을 줄도 몰랐던, 그 시절 겨우 이십대 후반이었을 선생님. 그것은 하나의 사태였다. 폭력과 몰염치가 정의가 되었던 그 사건을 사태 말고 뭐라 표현할 수 있을까. 그뒤 우리는 젊은 도덕 선생님을 푼수라고 부를 수 없었다. 고통받은 영혼을 푼수라고 부를 수 있을 만큼 유머가 풍부하지 못해서였다. 한번 금이 간 영혼을 본디로 되돌릴 수 있는 방법을 나는 아직도 모른다. 그저 이렇게 푼수 선생님, 입속말로 불러볼 뿐.

강정마을 구럼비

그런 사람이 있다. 그 앞에 서기만 해도 용서를 빌어야 할 것만 같은 사람이. 까닭 없이 죄스럽고 왜 그런 기분이 드는지 생각할수록 이유가 묘연해지다가 문득 내가 어떤 죄를 저질렀는지를 깨닫게 해주는 사람이 말이다. 그보다 자주 그런 풍경이 있다. 낙동강 어느 강변을 찾았다가 쉴새없이 모래를 퍼내는 포클레인의 행렬을 보았을 때 나는 강 앞에 무릎 꿇고 용서를 빌었다. 그때의 기분은 용문사 은행나무 혹은 속리산 정이품송 앞에서 느꼈던 것과는 사뭇 달랐다. 오래 묵은 나무들 앞에서 나는 경외감을 느꼈고 그것들이 인간의 역사를 묵묵히 증언하는 듯해 밤새 안녕히 주무셨냐고 고요히 묻고 싶을 지경이었다. 말하자면 내가 궁금했던 건 바로 인간의 역사였다. 꿋꿋이 살아남은 나무가 그와 비슷하게 견디고 살아낸 인간을 은유하는 듯했고 선조와 나를 이어주는 것만 같았다. 하지만 파헤쳐지고 들쑤셔진 강은 뒤틀린 역사를 보여주는 듯했으며 뒤틀린 역사 속의 무례한 사람들을 대신해 용서를 빌지 않으면 안 된다는 기분이 들게 했다. 강정마을 구럼비 바위들을 폭파하는 소리가 들릴 때마다 그와 비슷한 기분이 되곤 한다. 오래전 제주를 찾았을 때 '육지에서 왔수꽈?'라고 묻던 그이들의 말투에서 육지에 유린당한 섬사람들의 오래 묵은 한을 엿보았다. 그리고 이제 바위가 산산이 부서지며 내지르는 신음이 귓가에 는질는질 매달린 채 떨어질 줄을 모른다. 그 소리는 사람의 비명을 닮았다. 그리하여 이 소리는 평생 반성의 소리로 울릴 터이다. 보를 허물어 강을 되살릴 수는 있지만 깨진 바위는 영영 돌이킬 수가 없다. 만약 어떤 풍경 앞에서 까닭 없이 죄스러운 기분이 든다면 까닭이 없는 게 아니라 죄를 지은 것임을 나는 두고두고 알게 될 것이다.

증명서 시대

몇 해 전 한 대학교수의 학력위조 문제로 세간이 떠들썩했던 적이 있다. 그 사건을 기억하는 이유는 학력위조라는 범죄가 불러일으킨 공분에 편승해 사적인 편지와 사진까지 몇몇 언론이 공개했기 때문이다. 편지를 읽고 작가의 시각으로 논평해달라는 청탁을 받았지만 당연하게도 거절했다. 소름이 돋는 듯했다. 어쨌든 나는 학력위조를 자행한 그 대학교수의 행위를 두둔할 생각은 눈곱만큼도 없다. 하지만 한편으로 그에게 그런 행동을 하게끔 부추긴 어떤 보이지 않는 손에 대해 말하고 싶기도 하다. 위조를 해서라도 외국 명문대학의 졸업장을 갈구하지 않을 수 없게끔 강렬한 욕망을 심어준 그 보이지 않는 손은 과연 누구의 손일는지. 사람이 스스로를 증명할 수 없는 시대.

증명서가 아니고는 그의 내면에서 꿈틀거리는 열정과 재능은 손톱만큼도 알아보지 못하는 시대. 이 시대를 구성하는 우리 모두가 만들어낸 손이 아닐는지. 이제는 누구도 자신만을 믿을 수는 없다. 명문대학의 졸업장을 손에 쥐지 못했다면 말이다. 이런 증명서 의존의 경향은 그러니까 증명서가 없는 사람에 대한 불신은 다른 한편으로 증명서를 지닌 사람에 대한 과신과 동전의 양면 같은 관계를 이룬다. 그가 누구이냐는 별로 상관이 없다. 그가 어떤 생각을 하며 어떤 삶을 꾸리며 어떤 인격의 소유자냐를 따지기 전에 그가 서울대 출신이거나 외국 명문대 출신이라면 모든 게 일사천리다. 또한 총리로 지명되었으니 좋은 사람일 것이다, 대통령에 당선되었으니 훌륭한 사람일 것이다, 라는 식의 역전현상도 종종 목격할 수 있다. 증명서 없는 이들은 쓸쓸할 것이다. 하지만 오래전 실존주의자들은 이미 그런 사실을 깨달았다. 우리 모두 증명서 없이 지구라는 행성에 내던져진 존재라는 사실을 인정할 때 진정한 연대가 이뤄진다는 사실도.

부서진 내면들

지금은 농촌을 배경으로 한 소설 몇 편 쓴 걸로 위안을 삼지만 내 청년 시절 꿈은 농민이었다. 아마도 촌에서 자랐기 때문에 그런 꿈을 가지게 되었으리라. 하지만 농촌생활을 혹은 농민을 낭만적으로 동경한 건 아니었다. 내가 자라며 겪고 느낀 농촌은 낭만적인 공간이 아니었다. 오히려 그곳은 탈출하지 않으면 안 될 각다분하고 소슬한 현실이었다. 그러나 절대적 빈곤보다 더 뼈아픈 건 상대적 박탈감이었다. 식량주권을 포기한 대가로 자동차 산업을 비롯한 수출역점 산업이 성장의 혜택을 보았다는 사실을 기억해주는 이가 몇이나 될까, 그들의 터전을 짓뭉개고 일거리를 빼앗은 뒤 몇 푼의 보상금을 던져주며 알아서 살아남으라고 했을 때 그들이 느껴야 했던 박탈감을 기억해주는 이는 또한 얼마나 될까, 그들의 내면을 부숴놓고도.

박탈감 이후에 찾아온 건 풍경의 파괴다. 내 고향이라고 해서 다르지는 않다. 산자락은 잘려나가고 논과 밭은 흔적도 없이 사라졌다. 도로가 나고 산업단지가 들어섰다. 몇 년 뒤에는 마을 전체가 집단으로 이주를 하게 된다. 길차게 자란 오동나무가 사람이 떠난 뒤에도 오래도록 그늘을 드리웠던 빈집들도 사라졌다. 그리고 이제 그곳에 과실수를 심는다. 토지가 수용되었을 때 좀더 많은 보상을 받기 위해서다. 더러는 못 가겠노라 시위도 해보았지만 소용없다고 느꼈던지 보상을 많이 받을 수 있는 방법들을 궁리하느라 안달이 난 얼굴을 쉽게 만날 수 있다. 남에게 뒤처질세라 서로의 눈치를 보았으며 그러면서 다툼들도 생겨났다. 안톤 체호프의 희곡 가운데 이런 대사가 있다. "세상은 강도나 재난 때문이 아니라 증오, 적의, 사소한 다툼들 때문에 파괴된다는 걸 어쩌면 잘 알고 계실 거예요." 우리의 농촌이 파괴되는 게 사실이라면 풍경의 파괴는 다만 결과일 뿐이다. 그들을 파괴했으니 이제 우리가 부서질 차례.

은어의 귀환

은어(隱語) 몇 마디 모르는 사람이 있을까. 어느 시대에나 은어는 존재했고, 지금 이 순간에도 신종 은어가 만들어지고 있다. 그런데 유독 요즘 새로운 은어가 자주 출몰하는 듯하다. 방언에는 지역적 방언과 사회적 방언이 있고 은어는 사회적 방언에 속한다. 특정한 사람들이 쓰는 낱말이라고 해서 변두리 말, 즉 변말이라고도 한다. 하지만 중심을 뒤흔드는 사건이 늘 변두리에서 시작되었음을 기억하고 있다면, 변말이 우리 언어와 삶에 끼칠 영향력도 짐작할 수 있으리라. 요즘 같은 시대에는 순수한 은어란 존재하기 힘들다. 새로이 만들어진 은어는 인터넷 등을 통해 재빠르게 전파되어 특정 계층을 초월하여 널리 사용되기 때문이다. 쥐박이나 2메가바이트라는 은어는 이미 은어가 아니라고도 할 수 있다. 평생 농사짓고 살아온 고향에 계신 어머니도 아는 거니까. 어머니가 알면 세상사람 다 아는 거다.

은어는 무한증식을 한다. 하나의 은어가 다른 은어를 낳고 그 은어는 이미 다른 은어를 잉태하고 있다. 건드릴수록 커져 가고 짓밟을수록 단단해진다. 은어에는 우리가 일상어에 채 담지 못한 울분과 슬픔과 희망이 담겨 있기 때문이다. 그러므로 은어의 소멸을 바란다면 은어를 박해하기보다는 지금과는 다른 더 나은 시대를 만들기 위해 노력하는 게 지름길일 것이다. 은어는 가둘 수 있는 게 아니다. 은어는 허위를 가장한 진실이기 때문이다. 진실을 가둘 수 있는 사람은 없다.

은어의 귀환을 재촉한 건 매서운 날씨다. 시방은 겨울의 한복판이다. 봄이 멀지 않았다는 뜻이기도 하다. 그럼 곧 회귀성 어류인 은어(銀魚)가 찾아오리라. 은어는 알고 있다. 추위가 더할수록 자신들의 근원으로 돌아갈 날이 그만큼 가까이 다가와 있음을. 그 은어들이 품고 있을 저 고귀한 언어의 알들이 보이지 않는가. 산란의 시절이 금방이다.

장풍 쏘는 사내

어린 시절 좀 별난 친구 한 녀석이 내공을 닦는답시고 날이면 날마다 물그릇에 나뭇잎 한 장 띄워놓고 노려보는 연습을 하더니—내가 보기엔 분명 녀석의 콧바람 때문에 움직였건만—드디어 기를 운용할 줄 알게 되었다며 실전에 나섰다. 친구는 신작로에 나가 마침 달려오던 차를 향해 장풍을 쏘았고 거짓말처럼 차는 길을 벗어나 논두렁에 처박혔다. 다행히 아무도 다치지 않았다.—이것 역시 웬 꼬마가 길 가운데 튀어나와 장풍 쏘는 시늉을 하자 인명사고를 피하려던 운전자의 고육지책이었건만—이 사건 이후로 친구는 오래도록 자신이 장풍을 쏘지 못한다는 사실을 인정하지 못했다.

황당한 일이 벌어져도 그 사건의 예외성 혹은 우연성을 인정하지 못하는 건 비단 저 옛 친구의 경우만은 아니다. 사실 요즘은 나 역시 지금 맞닥뜨린 도무지 현실이라고는 믿을 수 없는 일들을 우연으로 치부하길 주저하게 되었다. 22조 원을 쏟아부을 거라면서도 대운하가 아니라며 발뺌하는 것도 그렇고, 한낱 현장 지휘자에 불과한 자가 영정사진을 짓밟았노라 주장하는 것도 그렇다. 예외이며 우연이어야 할 일들이 왜 이토록 보편적이며 일상적으로 벌어지는 것인지 알 수가 없다. 장풍을 쏠 줄 안다고 우기던 친구는 귀엽기라도 했다. 그런 우연은 우리 삶에 끼어든 드문 위안이기도 한 법이니까. 하지만 이제 누구나 장풍을 쏠 줄 안다. 설마 했던 일들이 눈앞에 현실로 나타나고, 그럴 리 없다고 여겼던 일들이 사실로 밝혀진다. 아마도 이럴 거야, 라고 한마디만 하면 모든 게 그대로 이루어진다. 예언하기 퍽 쉬운 시대다. 누구나 예언자가 될 수 있는 축복 받은 시대다. 예외적인 사건과 우연성을 상실한 시대는 비밀이 없는 사람처럼 남루하다. 착각하지는 말자. 비밀이란 밝혀지는 순간 비밀의 소유자를 더 잘 이해할 수 있게끔 해주는 그 무엇이다. 눈 가리고 아웅 하는 건 비밀스러운 게 아니라 비열한 거다.

곤봉을 다루는 방법

방에 틀어박혀 책 읽고 글 쓰는 일 외에는 별다른 취미도 재능도 없는 터라 서울살이를 하면서도 고궁명승지 관람에 인색한 편이다. 그래서인지 드물게 경복궁이나 덕수궁 혹은 창경궁 나들이를 갈 때면 미묘한 변화조차 생생하게 각인되곤 한다. 참여정부 시절 경복궁을 지날 때였다. 탄핵정국이라 분위기는 무거웠고 정복 차림의 경찰 외에 사복 차림의 경찰들이 우글거렸다. 청와대 탐방이 가능하냐고 묻자 그들은 어깨를 으쓱 하며 가능할 리가 없지 않느냐 되물었고 나 역시 수긍할 수밖에 없었다. 그리고 몇 해 뒤 지금의 이명박 정권이 탄생한 지 얼마 안 되었을 때 경복궁 근처를 지날 일이 있었다. 경복궁 긴 담을 따라 경찰들이 경계근무를 하는 풍경이야 새삼스러울 게 없으나 나는 거기서 어떤 변화를 발견했다. 예전과 달리 경찰들이 저마다 손에 기다랗고 단단해 보이는 곤봉을 쥔 채 뻣뻣하게 걷는 것이었다. 평화로운 오후였는데도 말이다. 나는 기억을 떠올렸다. 국민의 정부 시절이나 참여정부 시절에는 볼 수 없던 풍경이었다. 그 시절에는 경찰들이 맨손으로 근무를 섰다. 물론 곤봉을 소지했으나 허리띠에 걸어둔 채였지 그처럼 위압적으로 곤봉을 쥐고 지나가는 시민들 모두를 잠재적 범죄자로 취급하는 게 의무라도 되듯 피로에 전 사나운 눈빛으로 노려보지는 않았던 것으로 기억한다. 나는 그러한 변화가 정권의 속성을 보여주는 상징과도 같은 것이라고 여겼다. 군사정권 시절처럼, 군사정권에 탯줄을 두었던 문민정권 시절처럼 말이다. 그 사소한 차이가 정권의 성격을 규정짓는 게 아니라 정권의 차이가 그처럼 일상적이고 사소한 것처럼 보이는 일에까지 변화를 불러온 것임을 잘 안다. 이명박 정권은 이미 우리 안에 뿌리를 내렸고 모든 걸 뒤바꾸었다. 명백하게도 폭력적으로.

세상에서 가장 오래된 이야기

십오 년 전 일이지만 아직도 생생하게 기억한다. 하얀 입김이 볼을 스치고 달아나던 겨울밤 스산한 자취방에 돌아와 낡은 텔레비전을 켰을 때 나는 한 시대가 저물고 새로운 시대가 시작되었음을 알리는 방송을 시청했다. 5·18특별법이었다. 그리고 해가 바뀌어 특별법이 발효된 지 한 달 만에 그토록 기세등등하던 독재자가 골목에서 질 좋고 값비싸 보이는 외투를 입은 채 성명을 낭독하는 걸 보았다. 그로부터 십사 년이 흘렀건만 독재자가 처형되었다는 소식은 듣지 못했다. 외려 그와는 달리 여전히 독재자가 건재함을 알리는 믿을 수 없는 소식들만 들려왔다. 프랑스의 소설가 로맹가리의 단편 가운데 「세상에서 가장 오래된 이야기」가 떠오른다. 나치가 몰락한 줄 모르는 한 사내와 그 사내를 여전히 지배하는 한 나치가 등장한다. 이 소설이 씁쓸한 이유는 그 사내가 나치의 몰락을 알게 되었어도 여전히 나치를 두려워한다는 사실 때문이다. 나치는 몰락할 수 없다고 믿기 때문이다. 설령 몰락했더라도 언제든 부활할 것이라 믿기 때문이다. 로맹가리는 이렇게 말하는 듯하다. 인류 역사에서 악이 근절된 경우란 없다. 몰락한 악은 새롭게 태어나고 다시 번창한다. 마치 살충제에 내성이 생긴 벌레처럼 더 강력해져서. 우리가 사는 이 땅에 독재자 하나쯤 건재하다고 해서 가치 있는 다른 모든 존재들까지 폄하될 이유는 없다. 다만 그의 존재가 그보다 더 강력하고 근성이 좋은 신종 악의 번창을 방증하기 때문에 씁쓸한 것이다. 그리고 이 신종 악이 우리의 두려움을 먹고 자랐기 때문이다. 그를 부활시킨 건 다른 무엇도 아닌 우리의 두려움이다. 언제까지나 되풀이될 그래서 언제나 세상에서 가장 오래된 이야기일 수밖에 없는 독재자들의 파렴치한 스토리들.

군대와 악몽

내가 꾸는 악몽의 대부분은 군대와 관련 있다. 군대에 다녀온 사람치고 이런 꿈을 꾸어보지 않은 사람이 어디 있을까. 전역했는데 다시 군대에 끌려가는 꿈은 그나마 낫다. 제대할 때가되었는데 아무리 기다려도 전역명령서가 내려오지 않는다. 그런 꿈을 꾸고 나면 삭신이 쑤신다. 꿈을 꾼 게 아니라 백 미터달리기라도 하고 난 듯 숨까지 가쁘다. 중고등학생 시절의 악마 같은 선생님도 인자한 스승으로 나타나고 붙잡고 매달렸으나 매정하게 돌아섰던 연인도 천사로 강림하는데 군대의 기억만은 변함없이 악몽이다. 군대를 다녀온 사람들은 강도의 차이는 있겠으나 모두 외상후 스트레스 장애를 겪는 것이나 마찬가지인 셈이다. 이 질병은 흔히 전쟁, 고문, 자연재해, 끔찍한 사고를 겪은 사람들에게 나타나는 것으로 알려졌다. 비교하자면 군대생활은 전쟁이나 고문만큼 끔찍하고 자연재해나 사고처럼 절망적이라는 것이다. 한번 군대에 갔다 오면 누구든 군대에 가기 전의 상태로 되돌아갈 수 없다. 우리는 비가역적인 존재다. 경험한 것을 경험하지 않은 듯 여기려면 질병을 앓는 수밖에 없다. 군대가 하나의 질병이 된 이유는 무엇일까. 군 복무기간은 대개의 경우 한 사람의 청춘과 일치한다. 청춘이란 우리 삶에서 가장 고귀한 시간이다. 청춘은 아직 불의를 모른다. 그러나 청춘이 맞닥뜨린 현실은 그가 지금까지 겪었던 그 무엇보다 거대한 부조리와 비합리다. 부조리와 비합리 자체가 그를 무너뜨리는 게 아니라 그가 최초로 만난 거부할 수 없는 절대적 제도가 그의 꿈을 꺾어놓는다. 이백은 어느 시에서 이렇게 읊었다. '그대는 보지 못했는가. 하늘에서 내린 황하의 물이 세차게 흘러 바다에 이르면 다시는 돌아올 수 없음을.' 군대를 돌이킬 수 없는 절망으로 만든 자들은 과연 누구일까. 누구인지는 몰라도 악몽으로 기억하지는 않는 자들일 게다.

소문들

나는 대학생이던 시절에도 고향에 가면 행동을 조심해야 했다. 이를테면 함부로 담배조차 피울 수 없었다. 기차역에서 시내버스 정류장에서 아니 그저 길거리에서 나를 목격한, 그러나 나는 누구인지 알 수 없는 사람들의 입과 입을 건너 내가 그때 어떤 행동을 했는지 무슨 말을 했는지 인상을 찌푸렸는지 환히 웃었는지 등등이 고스란히 우리집까지 전해지기 때문이었다. 시골이란 그런 곳이다. 소문도 많고 뒷말도 많다. 한두 다리 건너면 죄다 일가친척이요 알음알음이니 소문과 뒷말이 무성하게 피어날 천혜의 조건이라 할 수도 있겠다. 하지만 시골의 소문은 순진한 구석이 있다. 누군가 설령 악의를 지닌 채 날조하여 타인을 비방하더라도 진실은 금세 드러난다. 소문이 만들어지기 쉬운 만큼 소문의 진위를 확인하는 것 역시 그리 어렵지 않기 때문이다. 금방 드러나지 않더라도 언젠가는 드러난다. 그렇게 되면 소문을 날조했던 사람에게 어김없이 비난이 쏟아졌다. 시골 사람들은 그런 사실을 좀처럼 잊어버리지 않았다. 요즘처럼 인터넷은커녕 손전화조차 드물던 시골에서 외려 소문이 추하지 않을 수 있었던 건 교류하는 정보의 양과는 무관하게 그러한 정보가 독점되느냐 아니냐에 소문의 질이 결정되기 때문이다. 그곳에서 소문을 독점할 수 있는 사람은 아무도 없었다. 소규모 공동체의 순기능은 바로 그런 지점에 있었다. 하지만 지금 우리가 사는 이 시대는 소문은 무성한데 그러한 소문의 진위를 판별하기는 무척 힘든 시대다. 역사적으로 볼 때 누군가 대통령이라는 소문은 끈질겼지만 그가 독재자라는 소문은 아주 늦게야 우릴 찾아왔다. 우리 시대의 소문들은 끈질기고 힘이 세다. 지금도 이곳을 활보하는 소문들은 검질기다. 우리 삶의 형태가 소규모 공동체로 환원되지는 않을 테다. 그렇다면 결국 우리는 소문의 진위를 확인하기 위해 나설 수밖에 없다. 소문을 내버려두어서는 안 된다.

기억을 철거하기

철거가 진행중인 공사현장을 지나가는 일은 어쩐지 불편하다. 곧 허물어져 지상에서 사라질 것들에 대한 막연한 안타까움 때문이기도 하겠지만, 그런 감상보다 재빠르게 찾아오는 건 허물어지는 건물들 스스로 뿜어내는 스산한 기운들이다. 핏줄처럼 벽돌과 콘크리트 마감재 아래로 흘렀을 철근과 전선이 아무렇게나 삐죽 튀어나와 하늘을 할퀴고, 누군가 수없이 여닫았을 문들이 간당간당 매달린 채 삐걱대고, 깨진 창문으로 함부로 들이칠 무례한 시선들(나를 포함하여)이 교차하는 그곳은, 또한 추억의 무덤이기도 하다. 매장하고 나면 영영 복원할 수도 재생할 수도 없다는 점에서 그렇다. 그곳에 추억을 지닌 누군가의 기억 속에서 이따금 되살아나기는 하겠지만. 어떤 공간은 처소 이상의 의미를 지닌다. 냄새로 과거의 일을 기억해내는 프루스트 현상만이 우리가 무언가를 추억하는 유일한 방식은 아니다. 때때로 혹은 자주, 공간은 냄새보다 강렬하게 과거를 환기시킨다. 사랑을 고백했다가 퇴짜를 맞았거나, 벗들과 정답게 술잔을 기울였거나, 그보다 더 우울했거나 즐거웠거나 사소했거나 상관없다. 우리가 부려놓았던 감정들만큼 공간은 의미가 있다. 그러므로 공간은 설령 그곳이 공공의 소유물일지라도 지극히 사적인 곳이기도 하다. 옛 전남도청도 그렇다. 그 건물이 남다른 점이 있다면 사적인 공간에서 다시 집단적인 기억의 공간으로 환원되었다는 것이리라. 그곳을 철거한다고 한다. 관(官)이 결심하면 아무도 막을 수 없는 시절임을 고려할 때, 옛 전남도청의 운명도 예상이 가능하다. 어쩌면 훗날 우리는 후회하는 것조차 잊을지도 모른다. 옛 전남도청의 철거가 사적인 기억의 박탈뿐만 아니라 역사의 철거를 시도했던 난폭한 행위였음을 깨닫는다 해도 우리가 매장한 것이 무엇이었는지를 기억해내기가 쉽지는 않을 테니 말이다.

내 안의 사원

나는 종교를 지니지는 않았으나 살다보면 이따금 가시적인 것 너머에 존재하는 신성을 느끼기도 한다. 수시로 환청을 듣는다거나 환각을 경험하지는 않지만 내가 속한 세계가 생각처럼 그리 단순하지 않다는 것만은 알 수 있을 듯하다. 그래서 종교와 무관하게 어느 깊은 산 속 고찰의 경내를 거닐다가 문득 내게도 불성이라는 게 있는지, 있다면 왜 이처럼 비루한 형태인지 자문도 해보는 것이며 또한 한낮의 적막한 성당에 기어들어가 딱딱한 나무 의자에 앉은 채 스테인드글라스를 관통하면서 한결 신비로워진 햇살을 받으며 조용히 울어도 보는 것이다. 종교적이고 철학적인 의미에서의 반성이 이루어지는 사원, 수천 년 동안 사람들이 스스로를 돌아보고 뉘우치고 다짐했을 사원에서 나 역시 오점투성이 인간에 불과하다는 사실을 절실히 깨닫는다. 부처와 예수의 고뇌가 무엇이었는지 내가 잘 몰라도 그 공간이 대신 기억해주기에 나는 그곳에서 알 수 없는 평화를 느낀다. 또한 내가 느끼는 평화는 굳이 그처럼 오랜 기원까지 거슬러올라갈 필요가 없다. 신자도 아닌 내가 가끔 그해의 마지막날 명동성당을 찾았던 이유는 그곳이 민주화의 성지이기 때문이었다. 나처럼 가난하고 쓸쓸하면서 동시에 소심하고 비열한 영혼들도 위로받을 수 있을 듯해서였다. 천주교 정의구현사제단의 나지막하지만 장엄한 목소리를 들을 수 있어서였다. 최근에 누군가 그 신부님들에게 북쪽에 가서 순교하라는 식의 막말을 했다. 그들도 알 것이다. 지금도 유럽과 아메리카에서 공공연하게 유대인들에게 이스라엘로 꺼져버리라는 말들을 한다는 사실을. 민주를 갈구했던 사람들을 빨갱이라 일컬으며 증오와 적의를 담아 북쪽으로 꺼져버리라 했던 자들과 자신들이 똑같다는 걸.

우리 시대 아틀라스

한 시절 우리 사회는 인간답게 사는 세상에 대한 열망이 가득했으며 그만큼 뜨거웠다. 이제 그런 치열함은 먼 과거의 일인 듯만 하다. 요즘 수입되어 회자되는 철학들은 좀처럼 재미가 없다. 우리에게 익숙했던 이야기들이 물 건너갔다가 역수입된 것에 불과하다는, 결국 현대 서구어로 윤색한 것에 지나지 않는다는 느낌 탓만은 아니다. 그들이 관찰하고 분석한 인간과 세계는 적어도 내게는 아무런 감흥을 불러일으키지 못한다. 아무리 들여다보고 귀기울여도 가슴이 뜨거워지지 않는다. 그리고 지금 철학이 사라진 자리 어느 곳에나 경제라는 괴물이 주인처럼 똬리를 틀었다.

인문학의 몰락은 예견된 일이었다. 그러므로 지금 우리는 예상 가능했던 세상을 살 따름이다. 예상 가능했던 길을 걷고 마찬가지로 그러한 삶을 영위할 따름이다. 세계는 더는 변화가 불가능할 만큼 견고하게 완성된 듯하며 체제는 그 어느 때보다 폭력적으로 자신을 변호하는 듯하다. 세계를 상대로 소송을 걸었던 용감한 자들은 사라졌다. 우리에게 남은 가능성은 변혁이나 변화가 아니라 오로지 '재개발'뿐이다.

그러나 나의 이런 불철저한 믿음은 수정되는 중이다. 관념 속에서는 일어날 수 없는 일들이 현실 속에서는 진행중이다. 검찰이 용산 참사 관련자에게 중형을 구형했고 문규현 신부가 쓰러졌으며 용산 범대위 관계자들이 단식을 시작했다. 억압이 있는 곳에 저항이 있기 마련이고 진리의 기준은 실천이다. 이 오래된 명제가 용케도 살아남았다. 내가 의심했던 그들은 지금 세계를 변화시키지 못하는 게 아니라, 이 세계가 무너지지 않도록 간신히 버티는 중이다. 오래전 산산조각 났어야 할 세계가 여태도 살아남은 건 그이들의 고통스런 불복종 덕분이다. 고맙습니다.

단순과 복잡

타인의 마음을 상상할 때 종종 어떤 혼란을 겪는다. 이를테면 똑같이 웃는 얼굴인데도 그이가 나를 좋아하는지 혹은 좋아하지 않지만 예의상 그러는지 판단하기 어려운 경우가 있다. 표정만 그런 게 아니다. 행동도 마찬가지다. 똑같은 행동임에도 불구하고 방금 전에는 호의적으로 여겨졌던 게 지금은 적대적으로 여겨지기도 한다. 그러다보면 이중성, 양가성, 복잡성과 같은 말들을 자연스레 떠올리게 된다. 일상에서 우리는 이런 경우를 흔히 겪는다. 아이들도 그렇다. 어떤 아이들은 어른들이 세운 규칙을 무시하고 거부하여 주목을 받으려 하지만 또 어떤 아이들은 규칙을 의식하고 준수하여 주목을 받으려 한다. 두 행동 모두 주목을 받으려 한다는 점에서 볼 때 동기는 같다고 말할 수 있다.

우리가 사는 사회는 한 마디로 정의내릴 수 없는 곳이다. 복
잡한 사회라는 거다. 그러나 또한 때로는 이 복잡성이 단순성
의 이면에 불과할 수도 있다는 생각이 든다. 만약 그렇다면 복
잡한 단순성과 단순한 복잡성도 같은 현상의 다른 표현에 지나
지 않을지도 모른다.

특히 정치가 그렇다. 정치적 사건들은 현란한 수사의 위장막
을 둘러쓰고 있지만 내막을 알면 단순하기 그지없는 경우가 많
다. 반대로 단순하게 여겨지는 사건들이 뚜껑을 열면 복잡하기
그지없는 사건으로 판명되는 경우가 많다.

어떤 심리학자는 '한 사람의 태도가 지나치게 이상적이면,
그리고 그의 박애정신과 인간성이 눈길을 끌기 시작하면 조심
해야 한다'고 말했다. 백년대계니 4대강이니 하는 청사진들이
우리의 미래를 황홀한 것으로 여기게끔 활보하면 할수록 그것
의 진의를 의심해야 하는 것도 그런 이유다. 그러고 보면 달을
가리키면 손가락도 봐야 한다. 손가락을 치켜들었다고 해서 달
을 가리킬 것이라고 으레 짐작하는 우리의 습관적인 반응을 기
대한 위선의 손가락일지도 모르니 말이다.

폭력의 도발

고등학생 시절 골목길에서 속어로 깡패에게 돈을 빼앗기는 일을 뜻하는 '삥 뜯긴' 적이 있다. 그때나 지금이나 나는 대한민국 평균 남성키에도 못 미치는 단신이라 만만한 먹잇감이었는데 지갑에 돈을 넣고 다닐 여유가 없었으므로 좋은 먹잇감이라고 할 수는 없었다. 그들은 내게 돈이 없음을 알고 한숨을 푹푹 내쉬다가 아예 가방을 통째로 빼앗아 달아났는데 아마도 전리품을 확인한 뒤 신세한탄을 무척이나 했을 것이다. 그 가방 안에는 한국문학전집이 들어 있었다. 혹은 그들 중에 누군가는 이 전리품이 아쉬워 탐독하다가 지금쯤 작가가 되었을지도 모른다. 우리가 사는 시대는 폭력의 세기다. 개인과 개인 사이에 개인과 집단 사이에 집단과 집단 사이에 끝없이 폭력이 발생한다. 한나 아렌트에 따르면 폭력의 상대 개념은 비폭력이 아니라 권력이다. 그러므로 폭력을 사용하는 권력은 이미 권력이 아닌 것이 되며 그러한 권력은 권력으로 위장한 폭력에 지나지 않는다. 흥미로운 현상 가운데 하나는 자신들이 진정한 권력이 아닌 폭력 세력이라는 사실을 은폐하기 위해 흔히 자신들이 행사하는 폭력의 대상이 내부가 아닌 외부에 존재한다고 주장한다는 점이다. 국어사전을 찾아보니 도발(挑發)의 정의는 '남을 집적거려 일이 일어나게 함'이다. 곰곰이 생각해보니 그들은 국민을 남 취급한 듯하다. 포사격으로 북측이 얼마나 불안과 공포를 느꼈는지 확인할 수는 없으나 국민이 불안과 공포를 느꼈던 건 명백한 사실이니 말이다. 포사격으로 한때 국민의 마음에 불안과 공포를 심어주는 데 성공했을지 몰라도 불안과 공포가 자리잡았던 곳에 조소가 생겨나는 순간 그것은 붕괴하고 말 것이다. 한국문학전집을 강탈해간 그들 중에 누군가는 작가가 되었을지도 모른다는 상상이 즐거운 일이듯.

동교동 세거리 두리반

서울살이가 십수 년이건만 나는 홍대기찻길이라는 곳을 몇 해 전에야 처음 가보았다. 기찻길을 옆에 끼고 술 한잔 들이켤 수 있는 공간이 도시 한복판에 있다는 건 사뭇 놀랍고도 즐거운 일이 아닐 수 없었다. 건널목 차단기가 내려가 잔뜩 신경을 곤두세우고 기다리는데 연결차량 없이 덜렁 기관차만 나붓나붓 달려와 폭소를 터뜨렸던 기억도 난다. 객차나 화물차를 달지 않은 채 홀로 가는 기관차는 어른에게 야단맞아 풀이 죽은 말썽꾸러기를 연상시켰다. 그런 낭만도 이제는 사라졌다. 철로는 거둬들였고 그 아래로 새로운 도시철도가 지나가며 지상은 공원으로 바뀐다고들 한다. 아마 그곳은 서울의 새로운 명물거리가 될 것이다. 많은 이들이 나들이를 하기 위해 찾게 될 것이며 새로운 추억들이 그 공원거리에 흩뿌려질 것이다. 그런데 이미 우리에게는 그런 공간들이 너무 많다. 이를테면 청계천 같은 곳 말이다. 나는 그곳을 쉽게 찾지 못한다. 청계천 공사를 시작할 때 그곳에서 공구노점상을 하던 사람을 기억하기 때문이다. 그이는 되풀이되는 단속을 견디다못해 관할구청을 찾아가 자신의 몸에 기름을 끼얹어 불을 붙였다. 나는 청계천 맑은 물에 서린 그이의 영혼을 본다. 강탈당하고 짓밟힌 목숨들을 본다. 그리하여 어쩌면 나는 훗날 새롭게 탈바꿈한 공원거리를 걸으면서도 소설가 유채림의 아내가 운영하는 식당 '두리반'을 뼈아프게 추억할지도 모른다. 동교동 세거리 한 귀퉁이에 그런 식당이 있었지. 깡패나 다름없는 용역들이 행패를 부렸지. 몇 푼의 이사비용만 쥐여 주고 우리가 쫓아낸 사람들이 있었지. 그런 일들이 과연 있었던 걸까 의문이 들 수도 있으리라. 그러나 누가 부정할 수 있을까. 기억할 만한 사건들이란 늘 그처럼 우리 곁에 머물다 사라져버리는 것들이라는 사실을. 서울은 잔인한 도시다. 누군가는 그가 섬기는 신에게 봉헌도 할 만큼 자랑스럽고도 아름다운.

만석보와 사대강

오래된 일이지만 기억에 생생한 일 가운데 하나가 농민들의 수세거부투쟁이다. 내 고향에서 이 투쟁은 87년 6월항쟁 뒤의 나주처럼 대규모로 진행되지는 않았지만 그에 못지않게 구체적으로 벌어졌다. 그이들은 수세, 그러니까 물값을 내야 한다는 사실을 받아들일 수 없었다. 자신들의 농토에 물을 대는 건 하늘이었다. 마을 위 저수지는 일제시대에 혹은 군사독재시대에 자신들의 손으로 쌓았다. 농지개량조합이 한 일이란 시멘트 수로를 낸 것뿐이었다. 당시의 농민들이 스스로를 갑오농민전쟁을 일으켰던 농민군의 후예로 인식했던 것도 당연하달 수 있다. 고부군수 조병갑도 멀쩡한 강에 보를 쌓아 물값을 수탈해서 그런 꼴을 당하지 않았던가. 이름은 거창했다. 만석을 짓는

보라는 의미로 만석보라 했다. 사대강 개발이라는 말 역시 얼마나 거창한가. 누구보다 농토와 물을 아끼고 사랑하던 농민들이 봉기와 동시에 맨 처음 한 일은 바로 만석보를 무너뜨리는 거였다. 역사는 되풀이된다. 정부가 사대강 사업비 보전을 이유로 수도세 인상을 수자원공사에 권고한 지 오래고 박정희가 경부고속도로를 닦으면서 저질렀던 것과 똑같은 속도전이 사대강 사업 현장에서 벌어지고 있다. 얼마 전 낙동강에 가보았다. 직접 목격한 공사 현장은 스산하기 짝이 없었다. 사진이나 영상으로 보았을 때와는 사뭇 다른 비애가 강 위로 흘렀다. 끝도 없이 이어진 덤프트럭과 포클레인의 행렬을 돌이키려면 얼마나 많은 희생이 필요할지. 언젠가 저 보를 무너뜨리고 다시 강이 흐르게 할 수 있으려면 얼마나 많은 사람들이 갑오농민전쟁 당시처럼 희생되어야 할지 알 수 없는 노릇이다. 우리 시대의 조병갑 때문에. 강 위로 핏빛 노을이 내려앉았다.

원숭이 재판

일명 원숭이 재판이라 불리는 사건이 있었다. 1925년 미국 테네시 주에서 벌어진 일이다. 개신교 근본주의자들에 의해 제정된 공립학교에서의 진화론 교육을 금지하는 버틀러법이 사건의 발단이었다. 한 고등학교 생물교사가 이 법을 어기고 자신의 생물학 시간에 진화론을 가르쳤다. 그리고 재판에 회부되었다. 물론 그는 유죄판결을 받았다. 표면적으로는 개신교 근본주의자들의 승리였지만 결과는 달랐다. 이 재판을 통해 사람들은 진화론을 더는 조롱하지 못하게 되었으며 훗날 진화론과 창조론이 공존 공생할 수 있는 계기가 되었다.

서구인들이 지금처럼 태양이 지구를 도는 것이 아니라 지구가 태양을 도는 것이라 믿게 된 건 오래된 일이 아니다. 지금 우리가 일반적으로 옳다고 믿는 가치들 가운데 원래부터 우리에게 주어졌던 건 하나도 없다. 인간 스스로 관찰하고 탐구하고 사고하여 얻어낸 것들이다. 그 과정에서 과거의 믿음이 수정되고 갱신되었을 뿐이다. 또한 이러한 역사적 사실은 지금 우리가 믿는 가치들도 언젠가는 부정당할 수 있으며 새로운 가치관으로 대체될 수 있다는 걸 시사하기도 한다.

변화를 두려워했다면 지금의 우리는 없다. 또한 우리가 변화를 두려워한다면 우리의 후손들은 지금의 우리와 전혀 다르지 않은 삶을 살게 될 것이다. 만약 지금 이대로가 행복하다고 여긴다면 굳이 변화를 바랄 필요가 없으리라. 하지만 좀더 나은 삶의 토대를 물려주고 싶다면, 지금 우리는 용기를 발휘해야 한다. 이 용기에는 고통이 따른다. 이미 한 개그맨이 그런 이유로 고통을 겪었다. 그리고 경기도 교육감이 시국선언 전교조 교사들에 대한 징계를 거부했다. 앞으로 그에게 쏟아질 견제와 그가 겪어야 할 불이익과 고통이 벌써부터 걱정스럽다. 하지만 우리가 알다시피 참다운 용기는 전염성이 강한 법이다.

명예를 생각함

출처를 기억하지 못해 유감이지만, 나는 '명예란 국가가 군인을 공짜로 부려먹기 위해 만들어낸 관념이다'라는 문장을 읽은 적이 있다. 이런 기지 넘치는 문장을 만나면 기분이 좋아진다. 문학에서도 풍자는 쉬운 기술이 아니다. 풍자를 노골적이고 단순한 기법으로 여기는 경향이 있지만, 실제 풍자는 정련된 고도의 학습을 통해서만 획득할 수 있는 문학적 기법 가운데 하나다. 흔히 우리가 풍자라고 일컫는 것들도 대개는 단순한 해학이거나 말장난일 경우가 많다. 풍자(諷刺)는 말 그대로 변죽을 두드려 중심을 찔러야 한다. 그렇지 않다면 진정한 풍자라고 할 수 없다.

그래서인지 수준 높은 풍자문학은 우리 문학에서도 드물다.

기껏해야 채만식과 남정현 정도를 꼽을 수 있을 정도다. 풍자의 어려움은 그것이 이뤄지는 방식에 있다. 풍자의 대상에 내재한 모순이 어떻게 드러나느냐에 따라 풍자일 수도 아닐 수도 있기 때문이다. 우리가 직접 공격하는 대신 공격의 대상이 스스로 모순을 드러내게끔 하는 것, 그것이 바로 풍자의 어려움이다. 하지만 또한 그것이 풍자의 매력이기도 하다.

지금 우리는 무척 매력적인 광경을 목격하는 중이다. 국가정보원이 명예를 훼손당했다는 이유를 들어 국가의 이름으로 한 국민을 고소했다. 국가가 국민을 고소할 수 있느냐 없느냐와 같은 법리적인 문제는 문외한인 나로서는 올바른 판단을 내리기가 어렵다. 다만, 명예에 대해서는 말할 수 있을 듯하다. 명예는 스스로 주장하는 게 아니다. 명예는 사람들에 의해 자연스럽게 인정받으면서 만들어지는 것이다. 그런 명예는 훼손될 수도 박탈당할 수도 없다. 국민들 속에 깊이 뿌리 내린 명예는 한 사람에 의해 흔들리지 않는다. 그러므로 그들이 스스로 명예를 훼손당했다고 주장하는 것은 그들의 명예가 얼마나 하찮은 것이었나를 스스로 인정하는 것 이상도 이하도 아닌 셈이다. 이런 게 풍자다.

모순어법들

모순어법은 겉보기에는 아무 문제가 없지만 의미론적으로 어긋나는 단어 결합을 뜻하는데, '둥근 삼각형' '비 오는 달밤' 같은 것들이 그 예다. 일상생활에서 모순어법은 의사소통을 방해하고 말하는 이의 진의를 왜곡해서 전달하지만, 문학에서는 정반대다. 우리가 익히 알다시피, '소리 없는 아우성' '경박한 얌전함'과 같은 모순어법들은 '아우성'과 '얌전함'에 대한 통념을 깨뜨리고 새로운 의미를 생성시켜 언어의 한계를 가뿐히 넘어설 수 있게 해준다. 그러나 한 가지 주의할 점은 이 모순어법이 단순한 말장난에 그쳐서는 안 된다는 거다. 모순어법이 의미 있는 언어가공이려면 언어가 지닌 가능성의 범주를 넓히고 지금까지 표현할 수 없었던 어떤 진실을 담을 수 있어야 한다. 그러니까 조삼모사식의 본질의 변화 없는 말 바꾸기는 진정한 의미의 모순어법일 수 없다. 모순어법은 역설을 지향하기 때문이다. 지금 우리가 살고 있는 이 시대의 첨단 모순어법은 대체로 광고에서 나오는 것으로 여겨진다. 나온다, 라고 하지 않고 여겨진다, 라고 한 이유는, 그것들이 진정한 모순어법이라고 확신할 수 없기 때문이다. 예를 들어 한때 유행어가 되기도 했던 모 광고의 '집 나가면 개고생이다'는 모순어법이 아니다. 이 문장은 우리가 무심코 지나쳤으나 반드시 찾아야 할 어떤 진실을 내포하지 않는다. 역설에 이르지 못한 문장들은 말장난에 불과하다. 광고가 아니라면 대체 어디일까. 그다음 떠오르는 건 정치권에서 날마다 우후죽순처럼 쏟아지는 언사들이다. 기가 막힐 정도로 맹렬하고 저돌적인 모순어법들이 판치는 곳이 바로 그곳이라는 생각이 든다. 그러나 몇 번 읽고 듣다보면, 어떤 문장보다 상투적으로 여겨지는 것도 사실이다. 결국 우리 주변에 만연한 모순어법들은 말 그대로 모순된 말들일 뿐이다. 언어가 삶을 반영한다고 전제한다면, 저 모순된 말들은 결국 우리의 삶이 모순임을 증명한다. 침묵이 그립다.

이삭줍기

요즘 같은 시절에 관에서 하는 말을 믿고 수돗물을 벌컥벌컥 들이켜는 분들은 없으실 게다. 수돗물만 그런 게 아니다. 몇 해 전부터는 고향에서도 지하수를 그냥 마시지 않는다. 마을 뒷산 중턱에 아스팔트 도로가 생기면서 수질이 심각하게 나빠진 탓이다. 그게 아니었더라도 수십 년 동안 스며든 농약 때문에 이쯤이면 그리되었으리라. 서울생활을 시작할 때, 사람들이 생수를 사 먹는 걸 보고 얼마나 놀라워했던가. 물을 사 먹다니! 지금은 나도 사 먹는다. 그보다 놀라운 일이 하나 더 있었다. 식당에서 밥을 사 먹을 때마다 차림표를 유심히 살피곤 했다. 어딜 가나 공기밥 추가에 천 원이었다. 믿을 수가 없었다. 이를테면 사천 원짜리 김치찌개를 먹으면, 그 가운데 밥 한 공기가 삼

천 원 나머지 찌개며 반찬 따위가 천 원쯤 될 거라고 셈했기 때문이다. 현실은 정반대였다. 억울했다. 사천 원 가운데 겨우 천 원이라니. 어린 시절 추수가 끝나도 나는 들판을 떠나지 못했다. 밀레의 그 유명한 그림처럼 허리가 뚝 끊어질 때까지 이삭을 주웠다. 더는 낱알을 구분하지 못할 만큼 사위가 어두워져서야 들판을 떠날 수 있었고 그때 내가 손에 쥔 이삭은 한 줌에 불과했다. 밥 한 톨이라도 흘렸다가 주워 먹지 않으면 밥상머리에서 한참이나 보릿고개 운운하는 훈계를 들었다. 반발심이 생기지 않을 수 없었다. 이삭 좀 줍지 않는다고, 밥 한 톨 흘린다고 굶어죽는 건 아니잖은가. 그러나 막상 내가 벌어 낸 돈으로 밥을 사 먹어야 할 때가 되자, 앞선 세대의 두려움을 조금은 이해할 수도 있을 듯싶었다. 밥 한 공기 추가에 천 원일 뿐인데도 행복해하는 사람들이 별로 없는 걸 보면 말이다. 살다보면 누가 가르쳐주지 않아도 자연스레 알게 되는 것들이 있다. 그러니까 어느 도의 교육위원이란 분들이 급식비를 삭감하셨던 모양인데, 그렇게 폭력적으로 세상살이를 가르쳐주지 않아도 아이들은 알게 된다. 이삭을 줍고 살아도 행복해지기 어렵다는 걸. 당신들이 가르쳐주지 않았어도 우리 모두 배워왔듯이. 모질다.

뮤지션과 악기노동자

콜트 콜텍이라는 회사가 있다. 전 세계 기타시장 점유율이 삼십 퍼센트에 이르는 기타제조업체다. 많은 국내기업들이 그랬듯 이 회사 역시 지난 2007년 노동자들을 무차별 해고한 뒤 위장폐업을 하고 공장을 인도네시아와 중국 등으로 옮겼다. 노동자들은 속수무책일 수밖에 없었다. 오랫동안 까맣게 잊었던 노랫말이 떠올랐다. '노동자가 언제는 별 볼 일 있었나. 찍혀봤자 별 볼 일 없네.' 세월이 흘러도 별 볼 일 없기는 마찬가지다. 해고된 노동자들은 생계의 고통뿐만 아니라 직접적인 목숨의 위협까지 받으며 삼 년여의 세월을 외롭게 견뎌왔다. 고립된 이들이 느껴야 할 고통이 어떤 것인지 우리는 잘 안다. 그런데 최근 그들에게 연대의 메시지를 보낸 이들이 있다. 뮤지션 잭 데라 로차를 비롯해 그룹 오조매틀리가 공식적으로 그이들의 투쟁을 지지하고 나섰다. 일본에서 열리는 후지락페스티벌에 그이들을 초청해 다시 한번 지지를 밝힐 예정이라고 한다. 뮤지션들로 하여금 연대의 손길을 내밀게 한 보이지 않는 힘은 어디에 있을까. 악기노동자가 없다면 음악도 없을 것이고 음악이 없다면 우리의 삶도 없을 것이라던 뮤지션들의 말에서 찾을 수 있을 듯하다. 나는 부끄러웠다. 언제부터인가 인쇄노동자들을 잊고 산 듯해서였다. 소설이 없다면 나는 빈껍데기다. 내게서 소설을 빼앗는 건 내 목숨을 빼앗는 것이나 마찬가지다. 그러나 또한 그 소설이 활자화되어 독자들에게 다가갈 수 있었던 건 굉음을 내는 인쇄기와 더불어 밤새 불 밝힌 노동자들 덕분이기도 하지 않던가. 나는 언제 한번이라도 인쇄노동자의 고통에 창작의 고통을 견준 적이 있었던가. 나도 언제고 인쇄노동자들에게 연대의 메시지를 보내고 싶다. 아니, 한 편의 소설이 창작되어 내 손을 떠난 뒤로 독자의 손에 쥐어질 때까지 묵묵히 길이 되어준 모든 노동자들에게.

새는 오른쪽 날개로 난다

내가 대학에 들어갔을 무렵 리영희 선생은 이미 살아 있는 전설이었다. 선생의 저서 『전환시대의 논리』는 말 그대로 일용할 양식이었다. 민주와 자유 때문에 배고팠던 이들의 허기를 채워주는 양식인 동시에 비겁하고 나태한 정신을 두드리는 죽비이기도 했다. 내가 선생을 가까이에서 보게 된 건 몇 해 전 국군의 해외파병을 반대하는 집회에서였다. 아마 그 시절에도 건강이 썩 좋지는 않았을 터인데 선생은 숨만 쉬면 입김이 휙휙 날리던 영하의 날씨를 견디며 묵묵히 시위대열의 선두에 섰다. 나는 선생의 얼굴에서 일반적으로 우리가 생을 달관했다고 일컬을 때 엿볼 수 있는 그런 순박한 형태의 표정을 찾아냈다. 그러나 오롯이 그러했던 것만은 아니다. 선생이 느낀 상실감도

엿보았는데 그건 바로 마땅히 우리 시대가 획득해야 했음에도 불구하고 영영 우리 것이 될 수 없었던 정의, 그런 종류의 것들이었다. 선생이 당신의 저서에서 일관되게 주장했던 것들 가운데 한 가지만 살펴보아도 알 수 있다. 우리는 흔히 남쪽과 북쪽의 국방비를 비교할 때 국민총생산에서 그것이 차지하는 비율로 따지는 경향이 있다. 그렇게 따지고 보면 북쪽이야말로 전쟁광처럼 비치게 마련이다. 남쪽의 국방비는 국민총생산 대비 한 자릿수에 그치지만 북쪽은 두 자릿수이니 말이다. 그러나 국방비를 달러로 환산하여 총액만을 비교하면 사뭇 다르다. 쉽게 말하자면 남쪽의 국방비는 천문학적인 비용이다. 그럴 때 누가 전쟁광으로 비칠까. 더욱 가슴이 답답한 건 이런 당연한 이야기를 하는 것조차 용기가 필요한 시대가 되어버렸다는 사실이다. 조금만 생각해보면 무척이나 당연한 사실이 또하나 있다. 새가 오른쪽 날개로만 허공을 밀어내면 새는 의도와는 달리 오른쪽이 아니라 영원히 왼쪽으로 돌 수밖에 없다.

서글픈 보수

얼마 전 보수단체 회원들이 현충원 정문 앞에서 퍼포먼스를 했다고 한다. 그게 어제오늘의 일은 아니다. 예전에도 이와 비슷한 일들이 있었다. 나는 언젠가 광화문 네거리를 지나다 무참하게 뽑혀 나뒹구는 추모비를 본 적도 있다. 미군 장갑차에 희생당한 어린 두 학생을 추모하는 것조차 허용되지 않는 시절이라는 걸 인정할 수 없었다. 그 추모비는 부유한 이들의 기부금으로 세워진 것이 아니었고, 나랏돈으로 세워진 것도 아니었다. 시민들이 한 푼 두 푼 모아 세웠다. 그건 돈이 아니라 눈물이고 피땀이며 인간만이 보여줄 수 있는 예의다. 돈이 전부인 시대는 그런 방식으로 극복하는 거라고 일깨워준 시민들의 지혜다.

그러나 나는 또한 보수단체 회원들을 정신 나간 늙은이나 꼴통으로 취급하는 댓글들을 보면 가슴이 섬쩍지근하다. 내가 알기로는, 진짜배기 수구세력 그런 자리에 나타나지 않는다. 나는 전경련 회장이 그런 자리에 나타났다는 말을 들은 적도 없고 한나라당 총재가 그랬다는 말을 들은 적도 없다. 보수를 자처하여 이득을 보는 자들이 그런 험한 퍼포먼스를 했다는 이야기는 더더구나 들어본 적이 없다. 내가 과문해서일까.

우리 사회에서 보수라고 일컬어지는 혹은 자처하는 사람들 대부분은 그런 규정을 내릴 때 신념의 체계에 의거하지 않는다. 그들에게는 신념이 없다. 그들에게는 가난과 분노가 있다. 그 분노를 어느 방향으로 터뜨려야 할지는 몰랐다. 새로운 적들을 몰랐던 탓이다. 그들이 아는 건 오래된 적들뿐이다. 수십년 동안 사회체제는 그들의 분노를 먹고 자랐다. 그리고 아무도 그들에게 보상해주지 않았다. 하루 일당 외에는. 그런 보수(保守)는 서글픈 보수(報酬)다. 한쪽에서는 손가락질을 당하고 다른 한쪽에서는 이용만 당하다 버림받는. 지천명을 훌쩍 넘어 이순과 종심의 세월을 지나면서도 진짜배기 보수의 행동대원이 되어야 하는 저들의 삶은 대체 누가 보상해준단 말인가.

역사적 공작

노엄 촘스키는 확립된 권력과 이데올로기의 이익을 위해 역사상의 사실들을 왜곡하는 행위를 '역사적 공작'이라 불렀다. 필요하다면 진실마저도 감춰버리고 나아가 자신들의 이익에 맞게 왜곡하기를 서슴지 않는 미국의 본성을 지칭하기 위해 그가 조합한 용어이다. 역사적 공작은 현재 진행형이다. 미국은 대량살상무기를 찾겠다는 평계로 이라크를 침략했지만 그들의 속셈이 석유에 있었다는 건 이제 비밀이랄 것도 없다. 또한 역사적 공작의 주체에는 제약이 없다. 비열한 지도자를 국부로 숭상하고 살인마에 독재자였던 자를 원로로 대접하는 게 우리의 현실 아니던가. 광주민중항쟁 당시 주한미군사령관이었던 존 위컴은 우리를 가리켜 이렇게 말했다. "한국인들은 들쥐와 같은 근성을 지녀서 누가 지도자가 되든 옳고 그름을 따지지 않고 복종할 것이며 그들에게는 민주주의가 적합하지 않다." 존 위컴이 선구자는 아니다. 위컴의 선배격인 미군정사령관 존 리드 하지도 이런 말을 했다. "그들(한국인)보다 더한 멍텅구리들은 없을 것이다. 그들의 역사를 돌이켜볼 때 그들은 기회만 있으면 강간하고 강탈하고 살인을 했다. 그들은 사람 때리는 것을 좋아한다." 이방인의 입에서 나온 평가들이라 더욱 씁쓸하다. 그들의 편견과 무지가 안타깝기도 하지만 그렇지 않다고 완강히 부인할 수 없기 때문이기도 하다. 그들의 편견과 무지를 거스르고 이만큼의 민주주의를 이룩하기 위해 얼마나 많은 사람들이 눈물과 피를 쏟았는지 우리는 안다. 민주주의란 주어지는 것이 아니라 획득해야 하는 것임을, 그러기 위해 고통을 감내해야 함을 또한 우리는 안다. 역사적 공작은 시간과 장소를 가리지 않는다. 지금 이곳에서도 비열한 역사적 공작이 진행중인지 모른다. 나만 그럴까. 존 위컴이 들먹인 들쥐가 이처럼 새삼 뼈아프게 여겨지는 건.

우리도 안다

처음으로 정당명부제 투표가 시행되던 해였다. 선거일을 앞두고 나는 투표도 할 겸 고향에 내려갔다. 어머니는 여간 고집이 세지 않으므로 내가 어떤 정당에 투표하면 좋겠다는 말이라도 하면 외려 그 정당을 당신의 셈에서 제외시킬 가능성이 컸으므로 나는 꾹 참고 당신의 의중을 떠보는 일에만 골몰했다. 대체 어머니는 어떤 정당에 표를 던지실까. 이리저리 탐색하는데 느닷없는 내 짧은 귀향이 영 못마땅했는지 어머니가 혀를 차며 말했다. 선거날 지키듯이 지 할애비 제삿날도 지키면 좋겠구만. 이때다 싶어 정당명부제 투표가 무엇인지 구구절절 설명하려는 찰나 어머니가 손사래를 쳤다. 아따 시답잖은 소리 그만해라. 우리도 알어야. 국회의원이야 될 놈 뽑아준다 쳐도 당은 우리 같은 농민들을 위한 당을 뽑아야제. 머쓱해진 나는 헤헤 웃고 말았다. 사실을 말하자면 징그럽다는 소리를 들어도 좋으니 어머니를 덥석 안고 싶었다. 어머니의 바람대로 적은 수였지만 진보정당이 국회에 등원했다. 그뒤 모두 알다시피 진보정당은 분열을 겪었다. 어머니의 한마디는 '쟤들 왜 저런댜?'였다. 요즘처럼 진보정당 통합과 관련한 뉴스를 듣게 되면 '그럴 거면서 왜 헤어졌댜?'라고 중얼거리실 게 분명하다. 어머니는 가난하고 무식한 농민이다. 새벽 네시면 일어나 밥을 짓고 하루종일 노동을 한 뒤 돌아와 밤 아홉시 뉴스를 보다가 끙끙 앓으며 주무신다. 그렇다고 해서 가슴속에 한이 없으랴. 분노와 증오가 없으랴. 당신의 손바닥과 발바닥에는 검은 강이 흐른다. 주름골에 흙이 박혀 지워지지 않을 검은 강으로 흐른다. 한 진보정당의 대표가 경찰들이 분사한 최루액 탓에 정신을 잃었다는 기사를 보고 마치 내 누이가 내 어머니가 짓밟히고 모욕당한 듯 마음이 서러운 이유다.

유예된 희망

독일적군파를 다룬 영화 한 편을 관람했다. 방에 처박혀 책이나 읽고 글줄이나 끼적이는 게 전부인 나로서는 오랜만의 극장 나들이였다. 영화를 보는 내내 불편했다. 광주항쟁을 다룬 한국영화들을 관람했을 때와는 또다른 기분이었다. 어쩌면 이미 내 안에 극단적인 소영웅주의를 경계해야 한다는 방어기제가 형성되어 있기 때문인지도 모른다. 아마 그게 진실에 가까울 것이다. 그러나 자신이 누구인지 정확하게 말할 수 있는 사람이 어디 있을까. 이처럼 스스로를 분석하고 있는 이 순간의 나를 나 또한 신뢰할 수가 없다.

이 영화에 대한 전문가들의 평가가 머릿속에 펼쳐졌다. 끔찍한, 파괴적인 등등의 형용사와 이념의 과잉, 좌익소아병, 극좌와 극우는 쌍둥이다, 테러는 결코 성공하지 못한다 등등의 문구들이 떠올랐다. 과거를 평가하는 일이 이처럼 쉬웠던 시대가 다른 시기에도 존재했는지 의문이긴 하지만. 심리학 관련 서적이라면 아무거나 들춰봐도 다음과 같은 이야기를 쉽게 발견할 수 있다. 우리는 한두 사람의 희생에는 민감하면서도 수백 수천의 희생에는 둔감해지는 경향이 있다고 한다. 예를 들면, 전쟁 초기에는 그 비인간성에 민감하게 반응하지만, 폭력과 공포에 장기간 노출되면 아무렇지도 않게 여기게 된다는 것이다. 돌이켜보니, 맞는 말인 듯하다. 오늘 하루도 노동자들이 산업현장에서 열 명 가까이 목숨을 잃었다. 내일도, 모레도 그럴 것이다. 평균적으로 그렇다고 한다. 심각한 부상으로 노동능력을 상실하는 노동자도 부지기수다. 공식적인 집계가 그렇다고 하니 실제로는 더 많은 숫자일 것이다. 이건 비유가 아니다. 실제로 목숨을 걸어야 하며, 누군가는 진짜로 목숨을 잃는다. 단지 먹고살기 위해 일을 한다는 이유만으로. 나는 그 무엇보다 우리의 일상을 지배하는, 만연하여 익숙해져버린 것들이 끔찍하다. 내 눈앞에서 버젓이 일어나고 있는데도 이 사태의 끔찍함을 인식하지 못하는 나의 무감각이 끔찍하다. 나는 희망을 말할 수 없다. 습관적으로 내면화된 희망이라면, 그것 역시 나의 무감각을 옹호하기 위해 만들어낸 또다른 방어기제일지도 모르기에.

오월 그날이 다시 오면

중학생 시절 새로 부임한 국사 선생님은 고향이 광주였다. 선생님의 말투에는 남도 억양이 두드러져 우리는 그것만으로도 즐거웠다. 밥은 묵었냐? 너 으디 가냐? 이렇게 서로에게 흉내 내며 선생님 뒤를 졸졸 따라다녔다. 대학을 갓 졸업한 젊은 여자선생님이기 때문이었는지도 모르지만. 어쨌든 광주가 그리 먼 지역도 아니건만 타관 출신을 만날 일이 드물었던 그 시절 국사 선생님은 우리에게 경계 바깥을 상기시키는 존재였으며 언젠가 방문해야 할 미지의 도시를 우리 내부로 옮겨놓은 존재 이기도 했다. 그즈음이 바로 5공청문회가 열리던 때였다. 그때 중학교에 다니던 사람들 모두 똑같이 경험했는지 알 수 없으나 적어도 내가 다닌 학교에서는 교실마다 벽에 걸렸던 텔레비전으로 청문회를 시청하게 해주었다. 그 텔레비전이 모형이 아니라는 사실도 덤으로 알게 되었다. 청문회는 아직 어린 우리가 받아들이기에는 요령부득이었다. 그러나 선생님들의 나직한 수군거림과 상기된 얼굴들에서 이른바 역사를, 구체적인 역사를 목격하는 듯한 기분이 들었던 것도 사실이다. 그리고 우리는 모두 알았다. 국사 선생님이 수돗가에서 세수를 하는 걸. 그게 눈물 흘린 자국을 감추기 위해서라는 걸. 다시 화장을 해도 금세 번져버릴 게 뻔해 맨얼굴로 퇴근하며 운동장을 터벅터벅 가로질러 걷던 그 젊은 국사 선생님의 야윈 어깨가 얼마나 고아해 보였던지. 우리는 국사 선생님의 말투가 순식간에 정겨워졌다. 광주에서 나고 자라 국사를 공부한 그이에게는 청문회가 어떤 의미였을까. 청문회는 끝났지만 오월은 해마다 되풀이된다. 학살자들은 일가를 이루어 살고 진실은 여전히 묘연하다. 어딘가에 쓸쓸히 암매장된 시민을 언제쯤 찾아낼 수 있을까. 오월이 되풀이되는 이유는 바로 그 때문이다.

인간적인 기도

시절이 수상하다. 생의 무게에 짓눌려 신음하는 사람들이 울부짖을 때는 귀를 막고 듣는 시늉조차 하지 않던 자가 눈물을 흘렸다. 나는 그 눈물을 보며 섬뜩한 기분이 들었다. 징조는 그렇게 찾아온다. 누군가 평소와 다른 행동을 할 때 그것이 무엇을 의미하는지 예의주시해야 한다고 일러주는 것이다. 그뿐이 아니다. 보복, 전쟁과 같은 날 선 표현들이 아무 거리낌 없이 횡행한다. 마치 이곳에는 눈도 없고 귀도 없고 심장도 없는 사람들만 있다는 듯. 밝혀진 건 아무것도 없다. 전문가로 이루어진 조사단이 활동을 시작했으니 시간은 걸리겠지만 어떤 방식으로든 결론이 날 것이다. 한데 이상한 건 마치 조사단의 활동과는 무관하게 누군가는 이미 결론을 아는 것처럼 행동한다는 점이다. 일본이 그랬다. 일본의 중국침략은 소위 만주사변이라는 자작극 뒤에 이루어졌다. 미국도 그랬다. 베트남 전쟁의 이유였던 통킹만 사건, 즉 공해를 순찰하던 미국의 구축함이 북베트남 어뢰정의 공격을 받은 사건도 미국의 자작극이었다. 일본과 미국의 공통점은 사건의 원인을 다 안다는 듯 굴었다는 점이다. 그럴 수밖에 없었다. 그들 스스로가 원인제공자였으니. 지금 돌출하는 주장들은 하나의 가설에 지나지 않는다. 어떤 견해를 지녔더라도 그것은 확인되지 않은 가설이다. 그것이 추측에 지나지 않는 한, 무엇을 추측하든 상관은 없다. 하지만 그게 마치 진실인 듯 행세해도 된다는 걸 뜻하지는 않는다. 마크 트웨인은 필리핀을 침략한 자신의 조국 미국을 '전쟁을 기도하는 자들'이라고 표현했다. 그들의 기도는 이런 식이었다. '오, 우리의 하나님, 저희가 저희의 포탄들로 저들의 병사들을 갈가리 찢어발겨 피를 흘리게끔 할 수 있도록 도와주소서.' 우리 곁에도 그들처럼 기도하는 자들은 많다. 하지만 전쟁을 갈구하는 기도가 아닌 인간적인 기도를 해줄 이들도 어딘가에는 분명히 있으리라.

전쟁을 부추기는 자들

레마르크의 소설 『서부전선 이상 없다』에는 한 병사가 전쟁을 상상하는 장면이 있다. 그가 꿈꾸는 전쟁은 이런 식이다. 전쟁을 하고 싶어하는 자들, 그러니까 대통령부터 국무총리를 비롯한 각 장관들이 대표선수로 나서 적국의 고관들과 씨름을 하는 것이었다. 전쟁은 하고 싶은 자가 하라. 전쟁을 하더라도 총칼로 하지 말라. 이런 순진한 생각이 현실에서도 먹혀들 거라고는 아무도 믿지 않는다. 그 병사 역시 자신이 처한 절망적 상황 탓에 이런 생각을 떠올렸을 뿐이지 실제로 그런 일이 벌어질 거라고는 믿지 않았다.

우리는 세계 유일의 분단국가에 산다. 한국전쟁이 끝난 지 반세기가 지났지만 휴전선은 관념이 아닌 실재이며 휴전협정을 평화협정으로 대체하지도 못한 무능한 정치인들이 여전히 득세한다. 전쟁은 우리 삶의 형태를 뒤틀었으며 그렇게 뒤틀린 채로 전쟁 발발 60주년을 맞았다. 전쟁으로 신분상승을 이룬 자들이 오늘날의 지배계층을 이루었다는 게 우리의 비극이다. 그들은 전쟁을 두려워하지 않는다. 그런 자들이 무고한 젊은이들의 죽음에 책임을 질 리도 없다.

또한 지금 우리에게 전쟁 위협이란 매회 종영방송이 미뤄지는 연속극처럼 지루한 일상이 되고 말았다. 자극적이고 말초적인 선동은 가득하지만 새로울 것도 없는 지리멸렬한 연속극처럼 전쟁 위협 역시 앞으로도 꾸준히 방영될 것이다. 전쟁을 경계하거나 두려워하지 말자는 뜻이 아니라 그와 똑같은 주의를 기울여 전쟁을 부추기는 자들을 경계하고 두려워하자는 뜻이다. 현대의 전쟁은 가진 자와 못 가진 자를 구분하지 않고 파괴하는 특징이 있다. 그러므로 혹시라도 전쟁을 통해 자신만은 어떤 이득을 거둘 수 있을 거라 믿는 자가 있다면 그의 신념이 얼마나 어리석은 것인지를 알게 해줘야 한다.

편견을 사랑함

우리는 대체로 편견(偏見)을 증오한다. 편견은 말 그대로 한쪽으로 치우친 견해를 뜻한다. 그러니 편견을 증오하기란 참 손쉬운 일이다. 편견에도 종류가 있다. 지극히 개인적인 편견도 있지만 집단적이고 사회적인 편견도 존재한다. 내가 어떻게 생각하느냐와 무관하게 내가 속해 있는 시대와 사회 내에서 작동하는 어떤 견해라는 게 있게 마련이니까. 그리하여 때로는 개인적 편견과 사회적 편견이 충돌을 일으키기도 한다. 이때 우리는 갈등을 겪게 된다.

예를 들면 이렇다. 개인이 옳다고 믿는 것들이 때로는 사회적으로 올바르지 않은 것으로 판명되기도 하며, 개인이 그르다고 믿는 것들이 또한 반대로 판명되기도 한다. 누군가 공권력은 더럽다는 견해를 가지고 있다면 이것은 편견인가 편견이 아닌가. 여섯 명이 비명에 죽어갔는데도 진압 당사자인 경찰에게 아무런 책임을 물을 수 없다는 게 당연하다고 여긴다면 이건 편견인가 편견이 아닌가. 나는 이런 물음 앞에서 갈등하지 않는 사람을 신뢰하지 않는다는 편견을 지니고 있다, 라고 한다면 이건 편견인가 편견이 아닌가.

　누군가 '철거민은 죽어도 좋은 존재다' 라고 말한다면 우리는 그가 편견을 지녔다며 비난할 것이다. 하지만 진실은 어떠한가. 사회는 마치 철거민을 귀찮은 존재처럼 취급하고 있지 않은가. 죽어도 좋은 존재처럼 취급하고 있지 않은가. 그렇다면 그의 견해는 편견인가 편견이 아닌가. 사회적으로 그의 견해는 올바르지 않은가. 적어도 그의 견해는 사실에 바탕을 두고 있으니 말이다. 그러므로 이건 편견이 아니다. 진정한 편견은 '철거민 역시 인권을 지닌 존재다'라는 진술이다. '경찰에게 책임을 물어야 한다'라는 주장이야말로 진정한 편견이다. 편견이 필요한 시절이다. 아름답고 올바른 편견이 절실한 시절이다. 해서 나는 편견을 사랑한다.

진화하는 고통

인류 진화의 역사에서 알쏭달쏭한 부분이 하나 있다. 우리는 흔히 지능이 고도로 발달한 외계인이나 미래 인류를 허약한 몸체에 거대한 머리가 붙어 있는, 콩나물을 연상시키는 모습으로 상상하지만, 과연 그렇게 될지 의문이다. 말인즉, 우리의 두뇌가 늘 커진 게 아니라는 거다. 선사시대 인류보다 역사시대 인류의 뇌가 평균적으로 조금 작다고 한다. 정확한 이유야 아무도 모른다. 다만 우리의 일상을 규정짓고 강제하는 체제의 성립이 그 이유가 아닐까 조심스레 추정해볼 수 있을 뿐이다. 국가나 법과 같은 제도들의 공통점은 구성원들의 복종을 요구한다는 점에 있다. 구성원들은 자의든 타의든 이 제도에 복종해야 하고, 제도는 복종을 이끌어내기 위해 협박과 회유를 적절하게 사용한다. 복종하라, 안락한 삶을 보장받을지어다. 이게 바로 체제, 제도의 모토다. 복종에는 상상력과 창조력이 필요치 않다. 이미 완성되어 있는 것들에 무한한 신뢰와 동경을 보내고 그것들의 권위를 인정해주기만 하면 된다. 그러다보면 뇌가 커지기는커녕 외려 쪼그라들 가능성이 높다.

지난해 촛불집회에 단 한 번이라도 참여한 사람이라면 다 안다. 그곳이 얼마나 무한한 가능성의 공간이었는지를, 재치와 기지를 발휘하면서도 어떻게 진정성을 희생시키지 않았는지를, 여태 양립불가라 여겨졌던 이질적인 요소들이 얼마나 자연스레 서로에게 스며들었는지를. 그건 하나의 진화다. 존재하지 않았던 새로운 형태의 저항을 발명했다기보다는, 한마디로 저항도 하나의 예술이 되었던 거다. 물론 우리가 겪어야 할 고통 역시 진화할 것이다.(예술은 여전히 배고프고 고통스럽다) 체제와 제도라고 해서 늘 같은 형태의 협박과 회유를 사용하지는 않을 테니 말이다. 그러나 우리가 신종 협박과 회유에 군말 없이 복종한다면, 먼 훗날 우리의 후손들은 21세기의 뇌는 왜 그전보다 작아졌는가 따위로 고심하게 될지도 모른다. 진화하는 고통에 맞설 때, 우리가 상상했던 미래가 실현된다.

행복 레시피

사는 게 좀 힘들다 싶어 한 친구에게 징징댔더니 녀석이 대뜸
말하기를, 행복해지고 싶으면 한나라당 당원이 되라는 게 아닌
가. 그 순간 정신이 번쩍 들었다. 이 간단한 걸 왜 여태 몰랐던
거지. 하릴없는 내가 아니면 누가 하랴 싶어, 이 시대에 행복해
질 수 있는 방법이 무얼까 생각보았다.(마침 커트 보네커트의
'부모에게 치명적인 상처를 주고 싶은데 게이가 될 배짱이 없다면
예술을 하는 게 좋다'는 글귀를 읽었던 터다) 우선 친구의 조언을
따라 한나라당에 가입한다.(생각만 해도 짜릿하다. 안 되는 게 없
는 당이니까. 한 번도 진 적이 없는 축구팀이나 야구팀의 서포터가
된 기분일 거다. 가끔 팬 서비스로 멋진 쇼도 보여준다) 그다음으
로 교회에 나간다.(사방에 있으니까 어렵지 않다. 봉고차로 집까

지 태워다주기도 한다) 장로와 같은 감투까지 쓴다면 금상첨화다.(대통령이 될 수도 있으니까) 아무리 할 일이 없더라도 노동자는 되지 않는다. 운이 나빠 노동자가 되었다면 노조에는 가입하지 말자. 노조에 가입했다면 그 노조가 민주노총 산하인지 꼭 확인하자. 민주노총이라면 미련 없이 탈퇴하자.(실패하면 곤봉에 맞거나 전기충격기에 당한다) 저주를 받아 노조위원장 같은 게 되었다면 집에는 가지 말자.(수갑 찬다) 아이들 급식비 같은 건 과감하게 삭감해버리자.(굶는 건 애들이지 내가 아니다) 그렇게 알뜰살뜰 모은 돈은 강에 투자하자.(주변 땅값도 오른다) 담배 피울 일 있으면 뉴 라이터만 쓰자.(태풍이 와도 절대 안 꺼진다) 사이버 테러와 같은 사건이 터지면 무조건 북쪽 사람들이 했다고 하자.(혹시 내 잘못이 아닐까 걱정할 필요가 없어진다) 강남에 집을 사자.(종합부동산세 두려워하지 않아도 된다) 광장은 폐쇄하자.(잔디가 불쌍하지 않니) 기타 등등. 생각만 해도 행복하다. 아직 많이 남았다. 간단하다더니 뭐 이렇게 많으냐고 투덜대는 분이 있다면 이 말씀을 꼭 드리고 싶다. 행복해지는 게 그리 쉬운 줄 아셨냐고. 우리가 그리 쉽게 행복해진 줄 아느냐고.

현명한 사투리

서울살이를 하며 느낀 곤란한 점 가운데 하나가 사투리다. 식당이든 지하철이든 길거리이든 사투리를 쓰면 누구나 돌아본다. 호기심 가득한 얼굴도 있지만 불쾌해하는 얼굴도 있다. 소설가들도 마찬가지다. 언어를 다루는 사람들이라고 해서 늘 사투리에 관대한 것만은 아니다. 하지만 나는 사투리를 불쾌하게 여기는 이들이 미국 서부 사투리나, 프랑스 노르망디 사투리에도 똑같은 반응을 보이리라 생각할 수가 없다. 어쨌든 머지않아 사투리는 영국에서 그러하듯, 출신뿐만 아니라 사회적 신분까지 드러내는 하나의 꼬리표로 여겨질 것이다. 그러니까 이미 언어에서도 양극화가 진행되고 있었던 셈이다. 사투리에 호의적인 사람도 많다. 하지만 그들마저 대개는 우스갯소리로만 여기는 듯하다. 사투리를 소재로 삼은 코미디 프로를 볼 때 쓸쓸했던 건 아마도 그런 이유였으리라. 그래도 이따금 사투리만이 지닌 어떤 힘과 지혜를 엿볼 수 있을 게다. 사투리에만 담겨 있는 다양한 뉘앙스를 표준어가 모두 소화할 수 없기 때문이다. 친구에게 충청도 사투리 '겨'에 대해 이야기해주고 있을 때였다. 헌법재판소의 판결이 속보로 전해졌다. 친구는 착실한 학생처럼 내게 배운 사투리를 금세 써먹었다. '겨?'(무슨 소리야?) 나도 대꾸했다. '겨!'(헌재가 종부세에 대한 판결을 내렸대) 곧이어 일부위헌, 헌법불합치와 같은 전문용어가 등장했다. 무슨 뜻인지 해독이 되지 않았던 친구가 다시 물었다. '겨?'(저게 무슨 소리야?) '겨!'(플로베르가 통상관념사전에서 이렇게 말했지. 글씨를 해독할 수 없을 때 그것은 학식의 표시다. 이를테면 의사의 처방전 같은 것) '겨?'(무식한 국민들은 잠자코 우리의 결정을 따르라는 거야?) '겨.'(그래, 가자) 이렇게 우리는 앉아 있던 자리를 훌훌 털고 일어났다. 어느 지역 사투리에나 '겨'에 버금가는 낱말 하나쯤은 있게 마련인데 왜 표준어에는 없는지 의아해하면서.

다정한 편견

1판 1쇄 발행 2015년 5월 22일
1판 3쇄 발행 2018년 12월 10일

지은이 손홍규 | 펴낸이 염현숙 | 편집인 신정민

편집 신정민 최연희 | 디자인 엄자영 이주영 | 저작권 한문숙 김지영
마케팅 정민호 한민아 최원석 우상희 | 홍보 김희숙 김상만 이천희
모니터링 이희연 | 제작 강신은 김동욱 임현식 | 제작처 한영문화사

펴낸곳 (주)문학동네
출판등록 1993년 10월 22일 제406-2003-000045호
임프린트 교유서가

주소 10881 경기도 파주시 회동길 210
문의전화 031) 955-8886(마케팅), 031) 955-2692(편집)
팩스 031) 955-8855
전자우편 gyoyuseoga@naver.com

ISBN 978-89-546-3621-6 03810

www.munhak.com